人間失格

太宰治

陳系美 譯

目次

輯二——一六五

戀愛合格

人間失格

恥の多い生涯を送って来ました。

前言

我看過三張那個男人的照片。

第一張，應該是他幼時的照片吧，大概十歲左右拍的。照片裡，那個男孩被一群女子圍繞（可能是他的姊姊、妹妹還有堂姊妹吧），穿著粗條紋日式裙褲，站在庭園的池畔，頭微微向左偏約三十度，笑得很醜。很醜？可是遲鈍的人們（亦即對美醜漠不關心的人），一臉了無興致卻隨口說這種場面話：

「真是個可愛的小弟弟啊。」

不過這男孩的笑容，也不是沒有一般人所謂的「可愛」成分，因此聽起來也不盡然是場面話。但縱使只有一點點，只要受過美醜審美訓練的人，看一眼就會極其不悅地低喃：

「天啊，真是討人厭的小孩。」

或許還會以拍掉毛毛蟲的手勢，扔掉這張照片。

確實，這男孩的笑容，越看越有種難以言喻，噁心詭異的陰森感。其實，這不是笑容。這男孩根本沒在笑。最好的證據是，他雙手緊緊握拳站著。人不可能緊握拳頭還笑得出來。這是猴子，是猴子的笑容，只是臉上布滿醜陋的皺紋罷了。簡直讓人想叫他「皺巴巴的小弟弟」。我從未見過表情如此詭異的小孩。

第二張照片的臉，容貌變化之大相當驚人。那是學生模樣，不確定是高中時期或大學時期，總之是俊美驚人的學生。但這張照片也很詭異，沒有活人的感覺。他穿著學生服，胸前口袋露出一小截白手帕，翹腳坐在藤椅上，還有就是和第一張照片一樣，也是在笑。這次不是皺巴巴的猴子笑臉，而是相當精巧的微笑，但這又與人類的笑容有些不同。該說缺乏氣血的重量？抑或生命的苦澀度？總之絲毫沒有真實感。正因如此，明明不是鳥，卻輕如羽毛，宛若一張白紙，還有就是依然在笑。總之，徹頭徹尾都像仿造品。說矯柔做作不足以形容；說輕浮也不足以形容；說娘娘腔也不足形容；說時髦帥氣，當然也不足以形容。而且仔細一看，這位俊美學生，同樣也有種詭異陰森感。過去，我從未看過如此不可思議的俊美青年。

第三張照片最奇怪，已猜不出他的年紀，頭髮看似有些花白。他坐在一間極其骯髒的房間角落（照片清楚地拍到，房裡的牆壁有三處剝落），雙手覆在小火盆上。這次他沒有笑，沒有任何表情，宛如只是坐著、雙手覆在小火盆上，就這樣自然死亡，是一張極度令人作噁、瀰漫著晦氣的照片。然而奇怪的不只如此。這張照片裡的臉拍得特別大，我可以細細端詳他的臉部構造，額頭平凡，額頭的皺紋也平凡，眉毛平凡，眼睛也平凡，鼻子嘴巴下巴都很平凡。啊，這豈止是一張沒表情的臉，甚至無法讓人留下任何印象，根本沒有任何特徵。打個比方說，我看了這張照片，閉上眼睛，就能完全忘記這張臉。我可以想起房裡的牆壁與小火盆，但對於房間主人的臉孔印象，卻是立刻煙消雲散，無論怎樣就是想不起來。那是一張無法入畫的臉，甚至無法畫成漫畫。即使我睜開眼睛再看，也沒有憶起「啊，原來是這種長相」的喜悅。說得極端一點，即使我睜開眼睛再看這張照片，也想不出我看過這張臉。只覺得不舒服，煩躁，忍不住想移開視線。

縱使所謂的「遺容」，也該更有表情，讓人更有印象吧。若將馱馬的頭硬是安裝在人體上，可能就是這種感覺吧。總之，這張照片，讓人沒由來地毛骨悚然，心生厭惡。同樣地，我也沒看過如此詭異的男人面孔，一次也沒有。

第一手記

我這一生，活得充滿恥辱。

我不知道所謂「人的生活」是什麼。我生於東北鄉下，因此第一次看到火車已是長到很大以後的事了。我在火車站的天橋上上下下，完全沒想到這是為了跨越鐵軌而建造的，只覺得車站裡的構造很像外國遊樂場，既複雜又有趣，單純是為了追求時髦而建造的娛樂設施。而且有很長一段時間，我都這麼想。在天橋上上下下，對我而言是一種相當時髦的遊戲，我甚至認為這是鐵道公司提供的服務裡，最貼心的一種。後來發現它只是為了供旅客跨越鐵軌的實用階梯，頓時大感掃興。

此外，小時候我在繪本裡看到地鐵時，也不知道它是基於實用需要而設計的，滿心認為因為搭乘地下的車，比地面的車更特別，是一種好玩的遊戲。

我自幼體弱多病，經常臥病在床。躺在床上時，我深感床單、枕頭套、被套都是無聊的裝飾，直到快二十歲才恍然大悟，它們都是實用品，不禁為人類的儉樸黯然悲傷。

還有，我也不知道飢餓是什麼滋味。我並非在強調自己生於不愁吃穿的富貴人家，不是這種愚蠢的意思。我只是單純完全不知道飢餓是什麼感覺。這種講法可能有點怪，但就算肚子餓了，我也不會察覺。猶記念小學、中學時，每當我放學回家，周遭的人就湊過來七嘴八舌地說：「哎呀，肚子餓了吧！我們小時候也有這種經驗，放學回來的時候真的快餓死了！怎麼樣，要不要吃點甘納豆？不然也有蜂蜜蛋糕，還有麵包喔。」於是我就發揮與生俱來的阿諛精神，喃喃地說：「肚子餓了。」然後一口氣將十顆甘納豆塞進嘴裡，其實我根本不曉得肚子餓是什麼感覺。

不過我當然也是很會吃，只是印象中幾乎沒有因飢餓而進食。我吃別人認為的稀奇珍饌，也吃別人眼中的豪華佳餚。去到別人家，只要是端給我的東西，縱使硬撐，我大多也會吃掉。然而幼時的我，最痛苦的時刻，其實是在家吃飯的時間。

在我鄉下老家，用餐時是全家十幾個人一起吃，分成兩排面對面，坐在各自的餐點前。我是老么，當然敬陪末座。飯廳光線昏暗，即便是午餐時間，十幾個人也是默默吃著飯，那幅景象總讓我不寒而慄。加上是鄉下傳統家庭之故，菜色通常一成不變，不敢奢望有什麼稀奇珍饌或豪華佳餚，因此我愈發害怕用餐時間。我坐在那昏暗房間的末座，帶著不寒而慄的顫抖心情，一點一點把飯送進嘴裡，吞嚥下去，不禁思忖人類為何要每天吃三次飯？而且大家吃飯的表情都很嚴肅，這或許也是一種儀式。全家就這樣每天三次，準時聚集在昏暗房間裡，對著排列有序的餐點，即使不想吃也默默嚼著飯，低頭不語。我甚至想過，這可能是向遊蕩於家中的鬼魂祈禱吧。

「不吃飯會死」，這話聽在我耳裡，只是討厭的恫嚇之詞。但這種迷信（至今我仍然認為這是一種迷信），總給我帶來不安與恐懼。因為人不吃飯會死，所以非得工作賺錢、吃飯不可。對我而言，最晦澀難解並帶威脅意味的，莫過於這句話。

換句話說，其實我還不懂人類的營生。我的幸福觀，與世間的幸福觀相去甚遠。這種不安，甚至讓我夜夜輾轉難眠，低語呻吟，甚至幾欲發狂。我究竟幸不幸福？其實從小就常有人說我是幸福的人，我卻覺得自己身處地獄，反倒那些說我幸福的人，看在我眼裡才是無比幸福安樂。

我甚至想過，若我身上有十個災禍，將其中一個讓旁人背負，哪怕只是一個就足以取其性命吧。

也就是說，我是不懂的。我難以揣想旁人的痛苦性質與程度。他們的痛苦是實際層面的痛苦，只要有飯吃就能解決的痛苦，但這或許才是最強烈的痛苦，淒慘如阿鼻地獄，我那十個災禍根本微不足道。我不知是否如此，但若果真如此，他們竟然沒自殺、沒發瘋、談論政治、不絕望、不屈服，還能持續與生活纏鬥，會不會其實他們不痛苦呢？徹底成為自私自利的人，並堅信這是天經地義，想必他們也未曾懷疑過自己吧？若是如此，那倒也輕鬆。但所謂的人，是否大家都這樣，並認為這樣就圓滿了？我不知道。……他們會在夜晚酣然入睡，早晨醒來神清氣爽嗎？他們都做了些什麼夢呢？走在路上想的是什麼呢？是錢嗎？應該不止錢吧。「人為了吃飯而活」，這個論調我聽過，但我從沒聽過「人為了錢而活」，不，這也要看情況而定……真的很難說。我越想越不懂，只覺得唯有自己和世人迥然不同，陷入深深的不安與恐懼中。我幾乎無法與旁人交談，不知該說什麼，也不知該怎麼說才好。

於是我想到一個方法，扮演小丑搞笑。

這是我對人類最後的求愛。儘管我極度畏懼人類，但無論如何就是無法對人類死心。因此我藉著搞笑這條細線，得以勉強和人類維持一絲連結。表面上我總是笑臉迎人，但內心可是拼死拼活，在堪稱千均一髮，成功機率只有千分之一的高難度下，汗流浹背地為人們提供服務。

從小，縱使是自己的家人，我也不知道他們有多痛苦，又是懷抱著什麼想法活著。我只是滿心畏懼，難以承受這種尷尬，便成了搞笑高手。也就是說，我在不知不覺中，變成不說半句真話的小孩。

看到當時我與家人拍的照片，別人都一臉正經，唯獨我一定奇妙地歪頭笑著。這也是我幼稚可悲的搞笑。

還有，無論家人怎麼唸我，我都從未回過嘴。縱然只是寥寥幾句怨言，我都覺得猛烈如雷鳴霹靂，令我幾乎發狂。因此遑論回嘴，我甚至死心眼地認定，那些怨言才是萬世一脈相傳的人間「真理」，但我無法力行那些真理，會不會我已經沒資格與人類同住了。所以我不敢爭論，也不敢辯駁。只要遭人責罵，我就覺得對方罵得對極了，是自己錯得離譜，總是默默承受攻擊，內心感到一股狂亂的恐懼。

無論是誰，只要被人責備，遭人怒罵，可能都不會有好心情。但我在發怒的人臉上，看到比獅子、鱷魚、巨龍更可怕的動物本性。平常他們隱藏這種本性，只要一有機會，就會在暴怒下猛然露出人類可怕的真面目，宛如溫馴躺在草原上睡覺的牛隻，冷不防甩尾拍死停在腹部的牛虻。看到那副真面目，我總是嚇得渾身戰慄，寒毛直豎。想到這種本性或許也是人類生存的資格之一，我幾乎陷入絕望。

對於人類，我總是膽顫心驚，怕得發抖。而我對於自己身為人類的言行，也毫無自信，只能將自己的懊惱鎖進心中的小盒子，一味地隱藏我的憂鬱與神經質，裝出天真無邪的樂天性格，逐漸把自己塑造成搞笑逗趣的怪人。

怎樣都好，只要能把人逗笑就好。如此一來，縱使我活在他們所謂的「生活」之外，他們也不會太在意吧。總之，我不能成為他們的眼中釘。我是「無」，我是「風」，我是「天空」，這種想法越來越強烈。我不僅扮演小丑逗家人發笑，甚至比家人更難理解也更可怕的男僕女傭，我也拼命對他們提供搞笑服務。

夏天，我在浴衣裡穿著紅毛衣，在走廊走來走去，把家人逗得哈哈大笑。連平常不苟言笑的大哥也不禁噴笑，以充滿疼愛的口吻說：

「哎呀，小葉，這樣穿不搭啦。」

什麼嘛，我當然知道。再怎麼樣，我也不是大熱天會穿毛衣到處走，不知冷熱的怪人。其實我是在雙臂套上姊姊的毛線襪套，從浴衣袖口露出一截，讓人以為我裡面穿了毛衣。

我的父親，由於東京公務繁忙，所以在上野櫻木町有棟別墅，常大半月都住在東京的別墅。每次父親返家都會帶很多伴手禮給家人，甚至親戚們，但這也是他的嗜好就是了。

有一次，父親要回東京的前一晚，將孩子們都叫來客廳，笑咪咪地一個個問：「下次我回來的時候，你想要什麼伴手禮？」然後將孩子們的回答，逐一寫在記事本裡。父親難得和孩子們如此親近。

「葉藏要什麼呢？」

當父親問到我，我結巴了起來。

一旦被問到想要什麼，我就忽然什麼都不想要了。腦海裡閃過一個念頭，什麼都好，反正沒有任何東西能讓我開心。可是另一方面，別人送我東西，不管再怎麼不合我的意，我都難以拒絕。討厭的事，不敢說討厭；喜歡的事，也膽怯害怕像在偷東西，嚐盡了苦澀滋味，在難以言喻的恐懼裡痛苦掙扎。也就是說，我連二選一的能力也沒有。這種性格，我想也是日後，釀成我所謂「活得充滿恥辱」的重大原因。

由於我默不吭聲，扭扭捏捏，父親有點不高興。

「你還是要書嗎？淺草的商店街，有賣過年舞獅的獅子喔，也有適合小孩戴的尺寸，你不想要嗎？」

被問「你不想要嗎？」，我就沒輒了。我已經無法用搞笑回答。身為搞笑藝人，完全不及格。

「買書吧。」

大哥一臉正經地說。

「這樣啊。」

父親一臉掃興，連筆記也不寫了，啪的一聲闔上。

這是何等的失敗。我惹惱了父親，父親的復仇一定很恐怖。這天夜裡，我窩在棉被裡發抖思索，一定要趁現在補救才行。於是我悄悄起身走去客廳，父親先前闔上的記事本應該收在抽屜裡。我拉出抽屜，拿出記事本迅速翻頁，找到記錄伴手禮的地方，舔濕記事本夾的鉛筆，寫上「舞獅」，然後回去睡覺。我根本不想要那個舞獅的獅子，書的話反而好一點。可是我發覺父親想買那個獅子給我，為了迎合父親的意思，一心想讓父親心情變好，我才膽敢深夜冒險偷偷溜進客廳。

我這非常手段，果不其然相當成功。不久，父親從東京回來，我在小孩房聽到他大聲對母親說：

「我到了商店街的玩具店，打開這個記事本一看，妳看，就是這裡，居然寫著『舞獅』。這不是我的字。我納悶了片刻，恍然大悟！這是葉藏的惡作劇！那小子，我問他的時候，他一臉傻笑默不吭聲，後來一定是想要獅子想得要命才會跑來偷寫。畢竟那孩子本來就有點怪。裝作不在乎的樣子，卻清清楚楚寫在記事本上。既然那麼想要就明說嘛。我在玩具店門口，看了還笑出來呢！快把葉藏叫來！」

此外，另一方面，我把男僕女傭都叫來西式房間，叫其中一名男僕亂敲鋼琴鍵（雖然是鄉下地方，我家該有的東西都一應俱全），然後我配合他亂彈的曲子大跳印第安舞，逗得大家哈哈大笑。二哥還用閃光燈拍下我的舞姿，後來看到照片才發現，我的腰布（其實是一塊印花包袱巾）接縫處露出了小雞雞，這會兒又惹得全家大爆笑。對我而言，這或許也堪稱意外的成功。

每個月，我會買十幾本新上市的少年雜誌，也會從東京訂購各種書籍，自己一個人默默看書，所以什麼《亂七八糟博士》，還有《莫名其妙博士》，我都相當熟悉，此外怪談、說書、落語、江戶趣談之類的也有所涉獵，因此我總能一本正經地說笑，把家人逗得哈哈大笑。

唉！可是，學校！

我在學校很受尊敬。受人尊敬這個觀念，也令我相當驚恐畏懼。幾近完美地欺騙眾人，卻遭某個全知全能的人識破，被整得灰頭土臉，蒙受比死更可怕的羞辱，這就是我對「受尊敬」狀態的定義。儘管欺騙眾人而得到了「尊敬」，但只要被一個人識破就會慢慢傳出去，等到大家都發現受騙時，那時人們的憤怒與報復，不曉得有多恐怖。我光是想像就寒毛直豎。

我在學校受人尊敬，主要不是家境富裕，而是因為世俗所謂的「成績優秀」。我自幼體弱多病，經常一請假就是一兩個月，甚至曾經將近一學年臥病在床沒去上學。儘管如此，就算我拖著大病初癒的身體，坐人力車去學校參加期末考，成績也比班上同學優秀。身體好的時候，我也根本不用功，去學校上課都在畫漫畫，下課就拿那些漫畫講給同學聽，逗得同學哈哈大笑。即使是作文也總寫滑稽故事，儘管遭老師警告，我也照寫不誤。因為我知道，老師其實私下很期待我寫的滑稽故事。有一次，我以格外悲傷的筆觸，照例寫了自己的糗事，母親帶我坐火車去東京，我把尿尿在車廂走道的痰盂裡（但是，那次去東京時，我並非不知道那是痰盂。我是要故意表現小孩的天真無邪才那麼做）。交出這篇作文時，我有把握老師一定會笑，所以當老師離開教室回教職員辦公室時，我就偷偷跟在他後面。果不其然，老師一出教室就從一疊作文裡挑出我的，在走廊上邊走邊看，還嗤嗤偷笑。到了辦公室可能看完了，滿臉通紅地大笑起來，並立刻把我的作文拿給其他老師看。看到這一幕，我得意極了。

淘氣。

我成功讓人認為我是淘氣鬼，成功擺脫受人尊敬的窘境。成績單上每個科目都是滿分十分，唯獨操行成績時而七分，時而六分，這也成為全家爆笑的梗。

然而，我的本性恐怕與淘氣恰恰相反。當時，我早已從男僕女傭身上領教到悲哀的事，他們侵犯我。至今我仍認為，對年幼者做那種事，是人類罪惡中最醜陋、最低級，最要不得的殘酷罪行。但我都忍下來了，甚至覺得又見識到人類的另一個特質，只能虛弱地笑。如果我有說真話的習慣，或許能毫不膽怯地向父母控訴他們的罪行，偏偏我連自己的父母也無法全然理解。我對於向人申訴的這種手段，絲毫不抱期待。無論向父母告狀，向警方報案，甚至向政府申訴，到頭來也只是被深諳世故者，以顧全體面的花言巧語給擺平吧。

我深知結果一定不公平，向人申訴終究是徒勞。因此我仍不說真話，默默忍耐，除了繼續搞笑，別無他法。

或許有人會嘲笑我：「怎麼？你不相信人類啊？咦？你幾時變成基督徒了？」但我認為，不相信人類，未必會立即走上宗教之路。實際上，包括那些嘲笑我的人，大家都活在不信任彼此的狀況裡，腦袋裡根本沒有耶和華，還不是照樣活得滿不在乎。我再說一件同樣是我孩提時期的事，有一次，有個和我父親同政黨的知名人士來我們鎮上演講，家中的男僕們帶我去劇場聽。全場座無虛席，鎮上和父親交情特別好的人也都來了，大家報以熱烈掌聲。演講結束後，聽眾三五成群走在雪夜道路踏上歸途，邊走邊把這場演講批得一文不值。批評聲中，也夾雜著和父親交情特別好的人。那些父親所謂的「同志們」，以幾近謾罵的口吻說，父親的開場白說得很爛，那位知名人士的演講也差勁透頂，簡直不知所云。但這些人路過我家還順便進來，一到客廳便換上由衷欣喜的表情，對我父親說，今晚的演講非常成功。就連我家男僕也一樣，當我母親問起今晚的演講，他們也能面不改色地說非常有趣。明明剛才在歸途上，男僕們還紛紛抱怨，說聽演講最無聊了。

但這也只是冰山一角的小例子。人們互相欺瞞，且能神奇地毫髮無傷，甚至好像沒發現彼此互相欺瞞。其實人類的生活裡，處處充斥著這種精湛巧妙、清爽開朗又快活的不信任例子。但我覺得互相欺瞞並沒有什麼，畢竟我自己也是從早到晚，藉由裝瘋賣傻來欺瞞別人。我對倫理道德教科書式的正義與道德，沒什麼興趣。我只是難以理解，為何人們互相欺瞞，卻還能活得•••••清爽開朗快活，甚至充滿自信。但人們終究沒告訴我箇中奧祕。我要是明白那箇中奧祕，就不會如此畏懼人們，也不用拼命搞笑服務他們了，更無須與人們的生活對立，夜夜飽嚐地獄般的苦楚。總之，我連家中男僕女傭的可恨罪行都絕口不提，並非因為我不信任人，當然也不是基於基督教義，而是人們對於名叫葉藏的我，緊緊關閉了信任外殼。就連我父母，時而也會流露出令我費解的一面。

然而許多女人憑著本能，嗅到了我這種無法向人傾訴的孤獨氣息。這或許也是日後，我常被女人趁虛而入的誘因之一。

亦即，對女人而言，我是個能守住戀愛祕密的男人。

第二手記

在海濱，可說是靠近海岸線的岸邊，聳立著二十幾棵樹皮黝黑的高大山櫻樹。每逢新學年一開始，山櫻會抽出略顯濕黏的褐色嫩葉，在湛藍大海的映襯下，同時綻放絢爛的花朵。等到落英繽紛時，花瓣如花吹雪大量飄向大海，漾在海面上，然後隨著海浪又被打回沙灘。這片櫻花沙灘，直接被東北地區一所中學拿來當校園。我沒怎麼認真準備入學考試，卻也順利進入這所中學。校帽徽章與制服鈕扣，都有櫻花綻放的圖案。

一位遠房親戚就住在這所中學附近，父親也是因為這個緣故，為我挑了這所靠海有櫻花的學校。我寄住在這位親戚家，學校就在旁邊，所以我通常都聽到朝會鐘響才衝去上學，是個相當怠惰的中學生。儘管如此，我還是憑著搞笑，逐漸在班上贏得好人緣。

這是我有生以來第一次離家去他鄉。但對我而言，這個他鄉比我出生的故鄉，更是輕鬆愉快之地。這可以解釋成，我的搞笑功力已臻純熟，想欺瞞別人毋需像以前那麼費力。然而更重要的原因是，至親與外人，故鄉與他鄉，兩者之間的演技難易度必然不同。無論再厲害的天才，即使是上帝之子耶穌，應該也是一樣的吧。對演員來說，最難表演的場地，是故鄉這種劇場。尤其在六親眷屬齊聚一堂的房間裡，再怎麼厲害的演員也難以發揮演技吧。但我卻一路演了下來，而且相當成功。像我這種老江湖，即使來到他鄉也不會有所閃失，絕對不會演砸了。

我對人的恐懼依然如昔，在心中劇烈蠕動，但演技卻越來越厲害，經常在教室逗得全班同學哈哈大笑，連老師也說：「這班要是沒有大庭，該是多麼優秀的班級啊。」如此一邊嘆息，卻也掩嘴竊笑。我甚至輕易就能讓那個粗聲粗氣、嗓門如雷的教官，瞬間噴笑。

正當我自認已能完全隱藏自己的真面目，卸下心防之際，卻冷不防遭人從背後捅了一刀。而捅我一刀的男生，就跟那些會從背後捅人的傢伙一樣，體型是全班最瘦弱的，臉色蒼白浮腫，穿著看似父兄的舊衣服，袖子長得宛如聖德太子的古裝長袖，功課糟得一塌糊塗，上軍訓課和體育課也總是在一旁見習，活像個白痴學生。也因此，我當然不認為需要提防這個人。

可是有一天上體育課，那個同學（我想不起他姓什麼，只記得名叫竹一），那個竹一，照例站在一旁看我們練單槓。我故意擺出極其嚴肅的表情，瞄準單槓「啊！」一的鬼叫一聲，像跳遠般往前一躍，結果一屁股跌坐在沙地上。這一切都是我計畫好的失敗。大家果不其然哈哈大笑，我也跟著苦笑起身，拍拍屁股上的沙子。此時，竹一不知何時已來到我身後，戳了戳我的背，低聲喃喃地說：

「故意的，故意的。」

我震撼至極！萬萬沒料到有人會看穿我故意失敗，而且這個人還是我最不提防的竹一。那個當下，我彷彿眼睜睜看著世界瞬間遭地獄業火籠罩燃燒，拼死強壓想發狂大叫的衝動。

從那之後，我每天活在不安與恐懼中。

表面上，我依然扮演可悲的小丑逗樂大家，但也會不經意發出沉重嘆息。想到我所做的一切都被竹一識破，有一天他一定會到處向人宣揚，我額頭就冷汗直冒，眼神詭異如瘋子，心虛地東張西望。如果可以，我真想早午晚，一天二十四小時，寸步不離監視竹一，以防他洩漏祕密。在緊盯他的時候，也努力讓他認定我的搞笑並非「故意」，而是渾然天成。倘若順利，我還想和他成為獨一無二的摯友。要是這些都難以成真，我甚至想過只好祈禱他早點死掉。但無論如何，我都沒動過殺他的念頭。迄今的人生裡，我曾幾度盼望被人殺死，但從未有過想殺人的念頭。因為我認為，殺了可怕的對手，反而只是給了對方幸福。

為了收服竹一，我首先在臉上漾起偽基督徒的「親切」媚笑，頭略略朝左偏約三十度，輕摟他瘦小的肩頭，以肉麻的甜膩語氣，屢屢邀他來我寄宿的地方玩。但他總是露出茫然的眼神，沉默不語。可是後來有一天放學後，我記得是初夏時節，傍晚下起白刷刷的驟雨，同學們被困住不知如何回家，可是我家就在學校旁邊所以無所謂。當我正想往外衝，發現竹一垂頭喪氣站在鞋櫃後面，我對他說：「去我家，我拿傘借你。」便逕自拉起畏縮的竹一的手，一起奔向大雨中。到家後，我拜託嬸嬸烘乾我們的上衣，成功把竹一拐進我二樓的房間。

這個家住著三口人，一個是五十開外的嬸嬸，另一個是年約三十戴著眼鏡，似乎有病在身的高個子大女兒（這個女兒曾出嫁，後來回娘家。我跟著這家人一起叫她大姊）。還有一個是最近剛從女學校畢業的小女兒，名叫小節，她一點都不像姊姊，個頭嬌小，臉圓圓的。家中就這母女三人，樓下店面擺著一些文具用品與運動用品，但主要的收入是已故叔叔留下的五六棟長屋房租。

「我的耳朵好痛。」

竹一站著說。

「每次淋到雨就好痛。」

我看了一下，發現他雙耳都有嚴重耳漏，眼看膿水就要從耳朵流出來了。

「這可不行！這一定很痛吧？」

我故作驚愕，說得很誇張，然後學女人家「溫婉」地道歉：

「都怪我不好，硬是拉你在大雨中奔跑，對不起喔。」

接著我下樓拿來棉花與酒精，讓竹一躺在我大腿上，細心為他清理耳膿。竹一再怎麼厲害，似乎也沒發覺這是我偽善的計謀。因為他躺在我的大腿上，說出這種無知的恭維：

「女人一定會煞到你。」

當時竹一這句話可能出於無心，多年後我卻意識到，這是可怕的惡魔預言。不管煞到別人，或被人煞到，這種措詞都過於低俗不堪，輕佻胡鬧，且帶有沾沾自喜的意味。無論多麼「嚴肅」的場合，只要此話一出，連憂鬱的寺院也會瞬間崩塌，夷為平地。若不用「被煞到的苦惱」這種粗俗字眼，改用「被愛上的不安」這種文學用語，或許就不至於毀了憂鬱的寺院，想想還真奇妙。

我為竹一清理耳漏的膿水，竹一說了女人會煞到我這種愚蠢恭維話。當時我只是滿臉通紅笑了笑，什麼話也答不上來，但其實內心也有些認同。可是，對於「被煞到」這種粗鄙字眼所萌生的沾沾自喜，我若大辣辣地寫出「經他這麼一說，我也深有同感」，簡直比落語故事裡的傻少爺台詞更蠢，我當然不會輕佻胡鬧且沾沾自喜，承認「我也深有同感」。

對我而言，女人比男人難懂千萬倍。我家女人比男人多，親戚中也有很多女孩，加上之前提過那個侵犯我的「犯罪」女傭，若說我是自幼在女人堆裡玩大的也不為過，但我是帶著如履薄冰的心情和她們打交道。我宛如墜入五里霧中，幾乎完全不懂她們的心思，時而像誤踩老虎尾巴，慘遭沉痛重創。但這又和遭到男人鞭打的外傷不同，是一種如內出血般極度不舒服的內傷，而且相當難以治癒。

女人會主動勾引你，又狠狠甩掉你；有些女人在人前藐視你，對你刻薄狠心，卻又在人後緊緊擁抱你；女人睡覺簡直像睡死了一樣，不禁令人懷疑女人是否生來睡覺的。還有女人的其他各種樣貌，我自幼便有所觀察，深深覺得同為人類，女人實在和男人太不同了，簡直像另一種迴然不同的生物。但這種費解且必須小心提防的生物，居然奇妙地呵護我。無論是「被煞到」或「被喜歡」，這種字眼都不適合形容我的情況。我覺得用「被呵護」說明我的處境比較恰當。

女人似乎比男人更能享受搞笑的樂趣。當我扮演小丑搞笑，男人無法笑個不停，而且面對男人，我曾有搞笑過頭而失敗的經驗，因此後來會小心翼翼，在適當的時機打住。可是女人不懂適可而止，總是不斷不斷要求我搞笑，為了回應女人沒完沒了的安可，我往往累得筋疲力盡。她們真的很會笑。整體來說，在享受快樂這件事上，女人似乎比男人更懂得大快朵頤。

我中學時寄住的那個親戚家兩個女兒，也是一有空就往我二樓的房間跑，每次都嚇得我差點彈跳起來，膽顫心驚面對她們。

「你在念書啊？」

「沒有。」

我微笑闔上書本，然後流暢地說出不打算說的笑話：

「今天啊，在學校，那個叫棍棒的地理老師……」

有一晚，妹妹小節和大姊來我房間玩，要我搞笑了老半天後，竟說出這種話：

「小葉，你戴上眼鏡看看。」

「為什麼？」

「少廢話，反正戴就對了！借大姊的眼鏡戴！」

小節總是用這種粗暴的命令口氣說話。小丑只好乖乖戴上大姊的眼鏡。這一戴，姊妹倆笑得不可開支。

「好像哦！跟勞埃德[1]一模一樣！」

當時美國喜劇電影演員勞埃德在日本很紅，戴黑框圓眼鏡是他的特色。

我索性站起身來，舉起一隻手，模仿勞埃德致辭：

「各位日本影迷，這次承蒙大家……」

姊妹倆更是笑得東倒西歪。之後，只要鎮上上映勞埃德的電影，我一定去看，偷偷研究他的表情。

此外，有個秋夜，我躺在床上看書，大姊像飛鳥般闖了進來，忽地撲倒在我棉被上哇哇大哭。

「小葉，你會救我吧？一定會救我吧？這種家誰待得住啊，我們一起走吧！你會救我吧，救救我！」

她激烈地說出這番驚人之語，又哭了起來。但我可不是第一次看到女人擺出這種態度，儘管大姊言辭激烈，我也毫不驚愕，反而對這種空洞的陳腔濫調感到反胃。於是我悄悄鑽出被窩，將桌上的柿子削皮，遞了一塊給大

1 哈羅德・勞埃德（Harold Clayton Lloyd，1893-1971），美國電影演員。以喜劇默片聞名，並與查理・卓別林和巴斯特・基頓齊名，為默片時代最有影響力的電影喜劇演員。

姊。她抽抽噎噎吃著柿子說：

「有沒有什麼好看的書？借我一本。」

我從書架挑了夏目漱石的《我是貓》給她。

「謝謝你的柿子。」

大姊難為情地笑了笑，離開了我的房間。其實不僅這位大姊，我真的不懂世上的女人究竟抱著什麼心態過活。要我思索這個問題，我覺得比揣度蚯蚓的心思更複雜，更麻煩，更毛骨悚然。但我從幼時的經驗得知，當女人那樣忽然哭了起來，只要給她一點甜食吃，心情就會好轉。

此外，妹妹小節甚至會帶她的朋友來我房間玩，我照樣一視同仁逗大家笑。等朋友回去後，小節一定會說朋友的壞話，而且一定有一句：「那個人是不良少女，你要小心點。」既然如此又何必帶人家來，搞得我房間的客人幾乎都是女人。

但這也不表示，竹一那句恭維話「女人一定會煞到你」已然成真。那時我只不過是東北地區的勞埃德。竹一那句無知的恭維話成了可怕的預言，並活生生以不祥面貌出現在我的人生，是又過了幾年以後的事。

此外竹一也送了我另一個貴重大禮。

「這是妖怪的畫像喔。」

有一天他來我二樓的房間玩，帶來一張原色版首頁插畫，如此得意洋洋地說明。

「哦？」我心頭一驚。多年後我才意識到，那一瞬間，可能決定了我的墮落之途。其實我知道，那只不過是梵谷的自畫像。在我們的少年時期，日本非常流行法國印象派繪畫，西畫鑑賞第一步通常始於這裡，因此梵谷、高更、塞尚、雷諾瓦等人的畫作，即便是鄉下中學生，看到翻拍的畫作也能略知一二。我看過很多梵谷的原色版畫作，對他趣味橫生的筆觸，與大膽鮮豔的用色都頗感興趣，但不曾認為那是妖怪的畫像。

「那你看這幅如何？這也是妖怪嗎？」

我從書架取出莫迪里安尼的畫冊，示出其中一幅，肌膚曬成古銅色的知名裸女畫給竹一看。

「這也太厲害了！」竹一瞠目讚嘆，「簡直像地獄的馬！」

「果然還是妖怪啊？」

「我也想畫這種妖怪畫像。」

過於畏懼人類的人，反而更想親眼見識可怕的妖怪；越是神經質、容易害怕的人，越會祈禱暴風雨來得兇猛劇烈。啊，這群畫家飽受人類這種妖怪的傷害與恫嚇，終於開始相信幻影，遂於白晝的大自然中清楚看見了妖怪，而且他們不用搞笑來矇混，而是努力呈現眼中所見，就如竹一所言，敢於畫出「妖怪的畫像」。我赫然驚覺，我將來的夥伴就在這裡，激動得差點落淚。

「我也要畫。我也要畫妖怪的畫像。我要畫地獄的馬。」

不知為何，我刻意壓低嗓門，如此對竹一說。

我從小學就喜歡畫畫，也喜歡看畫。可是我的畫，不如我的作文得到眾人好評。我向來不相信人們說的話，作文對我來說，只是像搞笑的寒暄。雖然從小學到中學都讓老師狂喜，我自己卻覺得索然無味。唯獨繪畫（漫畫之類的另當別論），儘管當時我還年幼稚拙，也下了一番苦功研究表現手法。學校的畫圖範本很無趣，老師的畫又畫得奇差無比，我只好自己胡亂摸索，嘗試各種表現手法。上了中學後，我有了整套油畫畫具，但我以那種筆觸範本追求印象派的畫風，畫出來的畫卻扁平如色紙折出來的東西，真的完全不像樣。這時竹一的話讓我警覺到，我以前對繪畫的態度根本是錯的。我只是努力想把美的東西，如實地呈現出它的美，這種想法極其天真愚蠢。畫壇大師是憑自己的主觀，將平凡無奇的東西創造得很美，甚至面對醜到令人作嘔之物，也不隱藏對它的興趣，依然陶醉於表現的喜悅裡。也就是說，他們根本不受旁人的想法左右。竹一讓我領悟到這種畫法的原始祕訣，因此我開始瞞著那些女生訪客，慢慢著手畫我的自畫像。

結果畫出來的自畫像，陰森到連我自己都膽顫心驚。但這正是我長期隱藏在內心最深處的真面目。儘管表面笑得開朗，也會逗人發笑，但其實擁有如此陰鬱的心。對此我也莫可奈何，只能暗自承認。但除了竹一以外，我沒把這幅畫拿給別人看過。因為我不願讓人識破我搞笑背後的陰鬱，突然對我疑神疑鬼地警戒起來，也擔心有人看不出這是我的真面目，把它當成我的搞笑新花樣，成了惹人爆笑的笑梗，這才是最痛苦的事。因此我立刻把這幅畫塞到壁櫥最深處。

另一方面，在學校上美術課時，我也收起這種「妖怪式畫法」，一如往常以平庸的筆觸，將美麗的東西畫得很美。

唯獨在竹一面前，我敢於坦然露出自己容易受傷的敏感神經。這次的自畫像我也放心拿給竹一看，獲得他極力讚賞，因此我又畫了兩三張妖怪畫，結果得到竹一另一個預言：

「你會成為偉大的畫家。」

他預言「女人會煞到我」，也預言「我會成為偉大的畫家」。我的額頭像被傻瓜竹一刻上這兩個預言，不久我來到了東京。

我原本想讀美術學校，但父親早就跟我說過，他打算送我進高等學校，畢業後當公務員。我生性不敢頂嘴，只好茫然聽從父命。父親叫我四年級就去報考看看，我自己也厭倦了櫻花漫布與傍臨大海的中學，因此沒升到五年級，念完四年級就考上了東京的高等學校，隨即搬進學校宿舍。但那宿舍骯髒與粗暴的程度令我難以忍受，別說搞笑了，我根本立即請醫生開肺浸潤診斷書，速速搬離宿舍，住進父親上野櫻木町的別墅。我實在無法適應團體生活，而且聽到「青春的感動」或「年輕人的驕傲」之類的話就背脊發寒，受不了那種所謂的高校精神。我甚至覺得，教室和宿舍都像嚴重扭曲的性慾垃圾場，我那近乎完美的搞笑，在這裡完全派不上用場。

議會休會期間，父親每個月只在這棟別墅待上一兩週。父親不在時，這棟偌大的別墅，只有老管家夫婦與我三人。我常蹺課，但也沒興致去逛東京（看來我最後連明治神宮、楠正成銅像、泉岳寺的四十七義士墓都看不到），整天窩在家裡看書畫畫。父親來東京時，我每天一早就出門上學，但有時是去本鄉千駄木町的西畫家安田新太郎的繪畫教室，花上三四個小時在那裡畫素描。脫離高等學校的宿舍後，儘管去上學，我也覺得自己像處於旁聽生的特別位置，這或許是我在鬧彆扭，總之就覺得尷尬無趣，後來就懶得去上學了。我一路從小學、中學、到高等學校，終究無法理解何謂愛校心，也從沒想過要好好學唱校歌。

後來，我從繪畫教室的一位學生那裡，學會了喝酒、抽菸、嫖妓、典當與左翼思想。這個組合看似奇妙，但卻是事實。

這位學生名叫堀木正雄，生於東京下町，長我六歲，私立美術學校畢業，家中沒有畫室，所以來這間繪畫教室，繼續學西畫。

「能不能借我五圓？」

以前我們只是點頭之交，從沒交談過。那時他如此一說，我竟慌忙掏出五圓給他。

「好，我們去喝酒，我請客。可以吧？」

我難以拒絕，被他硬拉去繪畫教室附近蓬萊町的咖啡廳[2]，就這樣開始和他交朋友。

「我早就注意到你了。對，就是這個，你這靦腆的微笑，正是有前途的藝術家特有的表情。來，為我們的結識乾杯！阿絹，這傢伙是美男子吧？妳可別迷上他喔。他來繪畫教室後，害我淪為第二美男子。」

堀木膚色稍黑，五官端正，穿著學畫學生罕見的筆挺西裝，領帶的品味也很素雅，髮型中分還抹了髮油，顯得相當服貼。

我對這種場所不熟，忐忑害怕，一會兒交抱雙臂，一會兒又鬆開放下，只能一直掛著堀木所謂的靦腆微笑。但兩三杯啤酒下肚後，像是得到了解

2 此處的咖啡廳，指的是大正、昭和初期，有女服務生陪酒的餐飲酒館。

放，出現一種奇妙的輕飄感。

「我本來想念美術學校……」

「別，這太無聊了！那種地方太無聊！學校無聊至極！我們的老師在大自然裡！在我們對大自然的熱情裡！」

偏偏我對他這番話，絲毫不感敬意，只覺得他是個蠢蛋，畫也一定畫得很爛，但若只是吃喝玩樂，可能是個好玩伴。亦即，那是我有生以來，第一次見到真正的都會痞子。儘管他的形態與我不同，但完全徬徨迷惘地游離於人類營生之外，就這一點來說，我們確實是同類。此外，他是無意識扮演小丑，而且完全沒發現他扮演的小丑有多悲慘，這是我們本質上最大的差異。

我經常輕蔑他，只把他當酒肉朋友和他打交道，有時甚至覺得和他交朋友很丟臉，卻萬萬沒想到與他結伴玩樂後，最後我竟被他擊垮了。

起初，我當他是好人，認定他是罕見的好人，因此對人有恐懼症的我，也完全對他撤除戒心，甚至覺得結交到一位東京好嚮導。其實我獨自一人上街時，搭個電車看到車掌都會怕；想進歌舞伎劇場看戲，看到玄關裡的紅地毯樓梯兩側，並排站著帶位小姐，我也怕得要命；去餐廳吃飯，害怕默默站在我背後等著收盤的服務生，尤其結帳時，啊，我那僵硬笨拙的手勢更是難堪至極。我並不吝嗇，可是購物付錢時，總因過於緊張，過於羞恥，過於不安恐懼，使我頓時頭暈目眩，世界陷入一片漆黑，搞得我幾乎快要發狂。因此別說殺價了，我不僅會忘記拿找零的錢，甚至買的東西也常常忘記拿回家。我真的不敢獨自在東京街頭閒逛，迫於無奈，才只好整天窩在家裡。

可是後來，我把錢包交給堀木，和他一起上街，情況就不同了。他很會殺價，而且是個玩樂高手，付帳時總能以最少的錢發揮最大效果，對昂貴的計程車敬而遠之，懂得分別搭乘電車、巴士或蒸汽船，展現以最短時間抵達目的地的本事。一早從妓女戶返家途中，他會帶我順道去某家高級料亭洗個晨澡，再點個湯豆腐小酌一番，實地教我以便宜的價格享受奢華氛圍。此外他還說，路邊攤的牛肉蓋飯和串烤雞肉，既便宜又營養豐富，也向我保證醉得最快的酒莫過於「電氣白蘭地」[3]。總之和他外出，以付帳來說，他從未讓我感到絲毫不安或恐懼。

此外和堀木在一起，我覺得最輕鬆的是，他徹底無視聽者的想法，只顧噴發自己的熱情（或許所謂的熱情，就是無視對方的立場），一天到晚無聊地喋喋不休，我完全不用擔心，萬一兩人走路走累了，陷入尷尬的沉默該如何是好。與人接觸時，我最怕恐怖的沉默降臨，因此總是保持警戒，縱使口拙寡言也要搶在冷場前拼命搞笑。但現在堀木這個蠢蛋，無意識地主動扮演搞笑角色，所以我根本連話也不用接，只要隨便聽聽，時而應個一句「不會吧」一笑笑即可。

不久我也漸漸明白，菸、酒、妓女，縱使是短暫的，也足以讓我忘卻對人的恐懼，不失為轉移注意力的神丹妙藥。我甚至覺得，為了得到這些神丹妙藥，變賣所有家當也在所不惜。

對我而言，妓女不是人，也不是女人，她們像白痴或瘋子。躺在她們懷裡，我反而能全然安心熟睡。她們的欲望也少得可悲，其實幾乎沒有。或許她們也在我身上感到一種同類的親近感吧。經常有妓女向我示好，而且那種好意自然又不帶壓迫感，是一種沒有心機的好意，不帶強迫推銷的好意，是對可能不會再來的人的好意。有些夜晚，我甚至在這些像白痴或瘋子的妓女身上，看到聖母瑪利亞的光環。

我去找妓女，是為了擺脫對人的恐懼，尋求一夜休息。然而開始和自己「同類」的妓女廝混之後，不知不覺中，我身邊似乎瀰漫著一種我渾然不覺的不祥氛圍。這是我完全沒料到的，就像買雜誌「附送的增刊」，但這「增刊」逐漸鮮明地浮上表面。當堀木指出這一點，我霎時大感驚愕，滿心不悅。看在旁人裡，我是透過妓女學習與女人相處，說得粗俗直白點就是把妹，而且近來手腕愈發高明。據說藉由妓女磨練把妹本事，是最嚴苛，也是

---

3 電氣白蘭地，明治時期由淺草一家酒吧老闆神谷傳兵衛研發的白蘭地調酒。當時電氣還不普及，是個時髦用語，加上這款調酒的酒精濃度高達四十五度，入口宛如遭到電擊，因此得名。

最有效的，而我已然渾身散發著「情場老手」氣息，女人（不僅妓女）憑著本能嗅到這種氣息就會自動靠過來。這種猥瑣且不名譽的氛圍，便是我去找妓女得到的「附送增刊」，它變得極其搶眼，遠勝我當初尋求休息的初衷。

堀木說這話時，或許半帶恭維意味，但我卻想起許多沉重的事。譬如，有間咖啡店的女服務生，曾寫了幼稚的情書給我；櫻木町家隔壁將軍的雙十年華女兒，在我每天早上出門上學時，她明明沒事，卻總化了淡妝在自家門口進進出出；我去吃牛肉時，自己默默地吃，那裡的女服務生卻……還有，我常去買菸的香菸店女兒，她遞給我的菸盒裡……還有，我去看歌舞伎時，坐在我旁邊的女人……還有，搭深夜市營電車，我醉酒睡著後……還有，故鄉親戚的女人，忽然寫了一封滿紙相思苦的情書給我……還有，不曉得哪個女孩，趁我不在家時，放了一個看似親手做的娃娃。由於我極度消極，所以這種事情都就此打住，只是斷簡殘篇，沒讓它發展下去。我身上莫名散發著一種令女人作夢的氛圍，這不是我在吹牛自抬身價，也不是信口胡謅的玩笑話，是不容否認的事實。被堀木那種人點破時，我感到近似屈辱的痛苦，同時也失去了找妓女玩樂的興致。

有一天，堀木基於趕時髦的虛榮（至今我仍認為，以堀木的個性來說，只有這個理由），帶我去參加一個共產主義的讀書會（好像叫R・S什麼的，我記不清楚了），是個祕密的研究會。對堀木這種人來說，帶我去共產主義的祕密集會，可能也是他的「東京導覽」之一。到了那裡，我被介紹給所謂的「同志」們，被迫買了一本宣傳冊子，聽一個坐在上位、長相醜陋的青年講述馬克思經濟學。可是對我而言，他講的都是我早已知道的事。馬克思或許說得沒錯，但人心有更莫名其妙且可怕的東西，說是「欲望」也不盡然，說是「虛榮」也不盡然，縱使將「色與慾」並陳也難以道盡，我也說不上那是什麼東西，總覺得人心底層，並非只有經濟，還有一種怪談般詭異的東西。我原本就懼怕怪談，因此會肯定所謂的唯物論，就像水往低處流般自然地肯定它，但我也無法藉此擺脫對人的恐懼，無法望著綠葉就感受到希望的喜悅。儘管如此，我一次都沒缺席，總是去參加那個R・S（記得是這個名稱，但也可能有記錯）集會，看著「同志」們綳著臉，一副煞有其事地鑽研，那種類似一加一等於二幾乎是初級算術的理論。我實在覺得滑稽至極，便照例搞笑來舒緩集會的氣氛。或許因此，研究會的拘謹氣氛也逐漸開朗起來，我甚至成為這個集會不可或缺的人氣王。這些看似很單純的人，似乎認為我和他們一樣單純，或許也認為我是他們樂天逗趣的「同志」。若果真如此，我算是徹底騙過這些人了。我並非他們的同志，但總是一定出席集會，為大家提供搞笑服務。

因為我喜歡這麼做。因為我欣賞這些人。但這未必是藉由馬克思連結起來的親密感。

非法。我暗自享受這件事，甚至覺得舒服自在。世間所謂的合法，反倒令我害怕（我總覺得「合法」蘊藏了某種深不見底的強大東西），它的詭計複雜費解，我無法坐在那個沒有窗戶又寒冷沁骨的房間裡，縱使外面是非法之海，我寧可索性躍身其中，泅泳至死，這樣反而輕鬆多了。

有句話叫「見不了光的人」，意指人世間悲慘的失敗者與悖德者。我覺得我「天生就是見不了光的人」，每當遇見被世人指為見不了光的人，我的心一定會溫柔起來。而且我這「溫柔的心」，是連我自己都陶醉的慈悲心。

還有一個詞叫「罪犯意識」。活在這個人世間，我一生被這種意識所苦，但它也是像糟糠之妻的好伴侶，與它相依為命落寞地玩樂，可能也是我的生存樣貌之一。此外，有句俗諺叫「小腿有傷」，比喻做賊心虛或有虧心事。而我的這個傷，從襁褓時期便自然出現在一隻小腿上，長大後非但沒有治癒還日漸惡化，甚至深入骨髓，令我夜夜痛苦有如置身千變萬化的地獄（儘管這個說法很怪）。後來，這個傷逐漸變得比我的血肉更親密。我覺得那個痛楚，是傷口活生生的感情，甚至恍如愛情的低語。因此對我這樣的男人而言，那個地下運動團體的氛圍，令我格外安心且舒服愜意。換句話說，比起那個運動的原本目的，它的表象氛圍更契合我。堀木只是把我當傻瓜嘲弄，介紹我去參加那個集會，之後他自己就沒來了，只會說這種很遜的漂亮話：「馬克思主義者，研究生產面的同時，也得視察消費面。」自己不來參加集會，只會拉我去視察他所謂的消費面。如今回想起來，當時的馬克思主義者還真是形形色色，有堀木那種基於虛榮趕時髦而自稱馬克思主義的人，也有我這種只是嗅到非法氣息就賴在那裡的人。若被真正的馬克思信徒識破我們的真面目，我和堀木可能會遭到烈火般的抨擊，被當作卑劣的叛徒，立即趕出去。可是我，甚至堀木，都沒遭到除名處分。尤其我，比起處在紳士們的合法世界，待在這個非法世界更是逍遙自在，得以「健康」地大顯身手，被當作有前途的「同志」，大量和我分享看似機密卻令人噴笑的事，也拜託我去做各種祕密任務。事實上，我也沒拒絕過那些任務，總是滿不在乎地照單全收，也沒出過什麼差錯被「走狗」（同志對警察的稱呼）懷疑抓去訊問。我總是面帶笑容，或逗人發笑，正確地完成他們口中的危險任務（從事這種運動的人，總是如臨大敵緊張兮兮，還會憋腳地模仿偵探小說保持極度警戒。委託我做的任務也是無聊到令人傻眼。儘管如此，他們還是緊張兮兮地認為那些任務很危險）。我當時的心態是，就算我成為黨員被抓，必須終生在牢裡度過也無妨。我甚至想過，比起畏懼世人的「現實生活」，夜夜難眠在地獄呻吟，或許乾脆去坐牢比較輕鬆。

我和父親住在櫻木町的別墅時，由於他得經常接待訪客或外出，有時三四天都未必能見上一面。但我還是覺得父親使我侷促不安又害怕，儘管想搬出去租房子住，卻也遲遲不敢開口。不料就在此時，我聽別墅的老管家說，父親打算賣掉這棟別墅。

父親的議員任期即將屆滿，基於種種原因似乎無意再度出馬競選，加上他又在故鄉蓋了一間要養老的房子，想必對東京已無眷戀，若只是為了我這個高中生，留下宅邸與僕人給我，可能覺得太浪費吧（我不懂世人的心思，同樣也不懂我父親的心思）。總之，這棟別墅不久就賣給別人，我搬到本鄉森川町，一棟名為仙遊館的老舊出租公寓，住在一間陰暗的房間裡，並且立刻陷入缺錢窘境。

以前住在櫻木町的別墅時，父親每個月會給我定額的零用錢，雖然我也是兩三天就花光了，可是菸、酒、起司、水果，家裡隨時都有，書籍文具或衣服等相關用品，我也只要去附近店家「賒帳」即可，至於請堀木吃蕎麥麵或炸蝦飯，只要去父親熟識的餐館，我吃完默默走出餐館也無所謂。

如今，突然獨自租房子住，一切都得靠家裡每個月定額寄錢來，我頓時倉皇失措。家裡寄來的錢，我依舊兩三天就花光了，真的擔心害怕到幾乎發狂，只好輪番打電報兼寫信向父親、哥哥、姊姊們要錢（信裡寫的緣由，都是虛構的搞笑事件。因為我認為，有求於人的時候，要先逗笑對方才是上策）。此外，在堀木的指點下，我也開始頻繁進出當鋪，偏偏手頭還是相當拮据。

總之，我沒有能力獨自在這種無親無故的租屋處「生活」。我害怕一個人靜靜待在房裡，總覺得隨時會有人襲擊我，冷不防給我一擊。可是衝出門去，我不是去幫那個左翼運動跑腿，就是和堀木到處喝廉價劣酒，幾乎放棄了學業，也放棄了學畫。到了進入高等學校第二年的十一月，我和年長的有夫之婦鬧出殉情事件。自此，我的人生急轉直下。

儘管我常蹺課，各學科的書也沒在念，但我似乎很懂得考試作答要領，因此成績都還能騙得過故鄉的家人，但我曠課日數太多，校方已私下通知故鄉的父親，於是大哥代父親寫了一封措辭嚴厲的長信來罵我。然而相形之下，我最直接的痛苦是沒錢，還有那個左翼運動的任務越來越激烈，也越來越繁忙，我無法再以半遊戲的心情等閒視之。忘了是中央地區還是什麼區，總之我成了本鄉、小石川、下谷、神田那一帶，所有學校的馬克思主義學生行動隊的隊長。聽到要武裝暴動，我就去買小刀（現在想想，那是連鉛筆都削不動的脆弱小刀），將它放進風衣口袋，到處奔走，執行所謂的「聯絡」任務。我很想大口喝酒，沉沉地睡一個好覺，可是我沒錢。而且「P」（我記得是用這個暗號來稱呼黨，但也可能記錯了）交代下來的事情接二連三，搞得我連喘口氣的時間都沒有。我這體弱多病的身體，實在負荷不了。我原本只是對非法感興趣，才去幫那個團體做事，如今這樣弄假成真又忙得要死，使我不禁對P那幫人感到厭惡，忿忿地暗自埋怨：「你們找錯對象了吧？幹嘛不叫你們的直系成員去做？」於是我逃走了。雖然逃走了，心情終究很糟，我決定自殺。

這時，對我懷有特殊好感的女人，有三個。一個是租屋處仙遊館的房東女兒。當我幫左翼運動團體辦事，拖著疲憊的身子回來，連飯也沒吃倒頭就睡，她一定會拿信紙和鋼筆來我房間。

「對不起喔，因為樓下弟妹太吵，吵得我無法好好寫信。」

然後就坐在我桌前，寫一個多小時。

其實我裝作沒事睡覺就好，偏偏那個女孩一副希望我說話的樣子，我只好照例發揮我那被動的服務精神。其實我半句話也不想說，撐著疲憊的身子還是勉強打起精神，趴在床上抽著菸說：

「聽說有個男人，拿女人寫給他的情書去燒洗澡水喔。」
「天啊，好討厭喔。那是你吧？」
「我只拿來熱過牛奶。」
「那真是榮幸，你就喝吧。」
我心想，這人怎麼不趕快滾呀。寫什麼信嘛，我早就看穿了，一定是在畫鬼臉亂塗鴉。
「給我看看。」
我帶著死也不想看的心情說。她忸怩作態地嚷嚷：「哎喲，不要啦！討厭！不要啦！」喜孜孜的表情實在太難看，令我倒盡胃口。於是我心想，乾脆差她去幫我辦事吧。
「不好意思，妳能不能去電車路旁的藥房，幫我買一種叫卡莫汀（Calmotin）的安眠藥？我累過頭了，累到臉頰發燙反而睡不著。對不起喔，至於那個錢……」

「錢不用啦，沒關係。」

她欣然起身去買了。我早就知道，吩咐女人去辦事，絕對不會讓女人沮喪，反而很高興男人有事拜託她。

另一個女人，是女子高等師範學校的文科生，也是所謂的「同志」。因為左翼運動的關係，我再怎麼不願意也得每天和她碰面。開完會後，她老愛跟著我走，而且常買東西送給我。

「你把我當作親姊姊就好了。」

那矯柔做作的模樣令我渾身打顫。我擠出略帶憂愁的微笑答道：

「我也是這麼想。」

總之，惹惱女人很可怕，一定要想辦法呼嚨過去。因此我只好伺候這個長得又醜又討厭的女人，當她買東西送我，我都裝出喜上眉梢的樣子（其實她買的東西品味都很差，我通常立刻轉送給串烤雞肉的老爹），說笑話逗她笑。有個夏夜，她怎樣都不肯離開，為了打發她，我只好在街頭的昏暗角落吻她，結果她欣喜若狂竟叫了計程車，把我帶到一棟辦公大樓的狹小西式房間，那是他們為了左翼運動偷偷租來的地方，就這樣折騰到天亮，使我不禁苦笑，這個姊姊實在很荒唐。

無論是房東的女兒，或這個「同志」，都是我每天非得碰面的人，不像以前那些女人可以巧妙避開。基於我向來的不安心理，拖拖拉拉之際，終於淪落到拼命討她們歡心的下場，搞得自己形同被鬼壓床。

同一個時期，銀座一間大型咖啡廳的女服務生，也給了我意外的恩寵。縱然只見過一次面，但我執著於那份恩情，到頭來也是感到擔憂與莫名的恐懼，幾乎令我動彈不得。其實到了這個時期，我已不用仰賴堀木的導引，敢自己一個人搭電車，也敢去歌舞伎劇場，甚至稍稍厚著臉皮，穿著藍黑底碎白花紋的和服進入咖啡廳，對我也不是難事了。儘管內心，我依然對人類的自信與暴力深感納悶、恐懼與苦惱，但表面上已逐漸能與人正經寒暄。不，不對，以我的個性，應該還是帶著敗北小丑式的苦笑，否則我無法和人寒暄。總之，儘管是熱衷忘我的倉皇寒暄，能夠學會這種「伎倆」，可能要歸功於為左翼運動奔走？抑或歸功於女人？或是酒？不過，我想主要是多虧了缺錢才習得這項本領。無論身處何處，我都害怕，但若能在大型咖啡廳，和許多醉漢、女服務生、男服務生混在一起，我那不斷被追趕而倉皇的心，反而會平靜下來吧。於是我帶著十圓，獨自走進銀座那間大型咖啡廳，笑著對女服務生說：

「我只有十圓，請看著辦。」

「您不用擔心。」

她的聲調帶著些許關西腔。但她這句話，奇妙地穩住我戰慄的心。不，不是因為不用擔心錢的問題，而是我覺得只要待在她身邊，我就不需要擔心。

我喝了酒。因為她讓我很安心，我反而不想搞笑，毫不掩飾地露出自己沉默陰鬱的本性，默默地喝酒。

「您喜歡這些菜嗎？」

她在我面前擺了許多菜餚。我搖頭。

「您只喝酒啊？那我也陪您喝。」

那是個寒冷的秋夜。我照常子（我記得是叫這個名字。但如今記憶淡了，我也不太確定。我就是這種人，連殉情對象的名字都會忘記）的吩咐，坐在銀座巷弄一處壽司路邊攤，吃著一點也不好吃的壽司，等她來。（把人家的名字忘了，卻不知為何，清清楚楚記得當時路邊攤的難吃壽司。還有那個面如日本錦蛇的光頭老闆，捏壽司時總是搖頭晃腦，裝得很厲害的樣子，我也能鮮明地憶起，歷歷在目恍若眼前。日後，譬如在電車裡，看到似曾相識的臉，我左思右想想不起是誰，忽然恍然大悟才發現，原來長得像那個壽司攤的老闆，這種事發生過好幾次。如今，那個女人的名字與長相，我都已記憶模糊，唯獨那個壽司攤老闆的臉記得很清楚，甚至能正確地畫出來。由此可知，當時的壽司有多難吃，給我帶來多麼深刻的淒冷與痛苦。但話說回來，縱使有人帶我去好吃的壽司店，我也從不覺得那壽司好吃。因為那些壽司都捏得太大，使我不禁暗忖，難道不能捏得像拇指大就好嗎？）

常子的租屋處在本所區木匠店的二樓。我在那個二樓，毫不隱藏平日的憂鬱之心，宛如忍受劇烈牙痛般單手托腮，一邊喝茶。她似乎反而欣賞我這種姿態。常子給人的感覺，也是個恍如身邊刮著冷冽寒風，唯有落葉滿天飛舞，完全遺世孤立的女人。

同床共枕時，她娓娓說起自己的故事，說她長我兩歲，還說：「我的故鄉在廣島，我可是有丈夫的唷！我先生本來在廣島當理髮師，去年春天，我們一起離家出走逃來東京。可是我先生在東京不務正業，後來還犯了詐欺罪，現在關在監獄裡。我每天都會送點東西去監獄給他，不過從明天起，我不送了。」但不知為何，我向來對女人的身世背景沒興趣，可能是女人的敘述方式很差，總是把重點放錯地方。總之女人講身世時，我總是當耳邊風。

好寂寞。

女人再怎麼千言萬語訴說身世，都比不上這句低喃更能引起我的共鳴。無奈我如此期待，卻不曾從世間女人口中聽到這句話，坦白說我也覺得奇怪又不可思議。不過，常子雖然沒說「好寂寞」，卻散發出一種無聲的強烈寂寞感，這股寂寞形成一道寬約一寸的氣流，環繞在她身體外圍。只要靠近她，就會被那股氣流籠罩，與我那帶點刺的陰鬱氣流完美融合，我的身體就如「附著於水底岩石的枯葉」，得以擺脫恐懼與不安。

那種感覺又和躺在白痴妓女們的懷裡迥然不同（那些妓女通常是開朗的），與這個詐欺犯人妻共度的一夜，對我是幸福的（這個誇張的辭彙，用得如此毫不猶豫且肯定，在我這本手記裡，應該是絕無僅有了）解放之夜。

但也只僅僅一夜。早晨醒來，我一躍而起，又變回原來那個輕浮搞笑的小丑。膽小鬼連幸福都害怕，碰到棉花都會受傷，有時也會被幸福所傷。我趁還沒受傷前，急著想就此分手，因此照例使出搞笑煙霧彈。

「有句俗話說『錢盡緣也盡』，其實啊，根據《金澤大辭林》的解釋，這句話的意思剛好相反。不是男人沒錢了就會被女人甩掉，而是一旦男人沒錢了，就會自然而然意志消沉，變得窩囊起來，連笑聲都虛弱無力，還會莫名其妙的鬧彆扭，最後自暴自棄，主動把女人給甩了，而且像瘋子一樣，見一個甩一個，不停的甩女人。真可憐，我也懂這種心情。」

我記得我當時胡謅這蠢話，把常子逗得噗嗤噴笑。我覺得久留無益，心生膽怯，臉也沒洗便匆忙走人。但我萬萬沒料到，當時隨口瞎掰的「錢盡緣也盡」，日後竟引發了意外事端。

接下來一個月，我都沒和那夜的恩人見面。分開後，喜悅隨著時光淡去，但那份短暫的恩情卻令我惶恐不安，兀自感到嚴重束縛，甚至那時咖啡廳的帳單全讓常子結清這種俗事，也逐漸令我耿耿於懷，認為常子也和房東女兒，以及那個女子高等師範學校的女學生一樣，都是只會脅迫我的女人。儘管我已遠離常子，卻一直對她心懷恐懼。再加上我覺得，碰到曾經上過床的女人，一定會像烈火般怒轟我，我嫌麻煩不願跟她們碰面，因此逐漸對銀座退避三舍。但我這種嫌麻煩的個性，絕非出自狡猾，而是我還不太懂一種匪夷所思的現象，女人竟可以把「上床後的事」和「早晨起床後的事」當作兩碼子事，兩者之間沒有一絲牽連，猶如徹底失憶，巧妙地分成兩個世界過活。

十一月底，我和堀木在神田的路邊攤喝廉價的酒。這個損友走出這個攤子後，說要再找一個地方繼續喝，我們已經都沒錢了，他還是一直吵著要喝。那時我醉了，膽子也大了，便說：

「好吧，那我帶你去夢幻國度。你可別嚇到喔，是酒池肉林那種……」

「咖啡廳嗎？」

「對。」

「走吧！」

就這樣，我們搭上電車，堀木興高采烈地說：

「其實我今晚對女人很飢渴。我可以吻女服務生嗎？」

我不太喜歡堀木這種醉態，堀木也很清楚，所以特地聲明又繼續說：

「聽好了，我要吻喔！我一定要吻坐在我旁邊的女服務生！可以吧？」

「無所謂吧。」

「感激不盡！我實在對女人太飢渴了！」

我們在銀座四丁目下車，來到酒池肉林的大型咖啡廳，幾乎身無分文只能仰仗常子。我和堀木在一間包廂面對面坐定後，常子與另一名女服務生隨即跑了進來，那名女服務生坐在我旁邊，常子則倏然往堀木旁邊坐下，我看了心頭一驚，因為常子等一下就會被吻了。

我一點也不覺得惋惜。我的占有欲本來就很淡，縱使有些許不捨之情，也不敢斷然主張所有權，更沒力氣與人爭奪。日後，我甚至默默看著自己未入籍的妻子遭人侵犯。

我盡可能不介入人際糾紛，害怕捲入那種漩渦。常子與我，只是一夜情的關係。常子並不屬於我。我不可能自以為是，擁有捨不得的欲望。然而我心頭確實一驚。

因為眼看著常子即將遭堀木猛吻，我覺得她很可憐。常子遭堀木玷汙後，想必非得和我分手吧，而我也沒有積極的熱情足以挽留她。啊，我們可能就到此為止了。縱使有一瞬間，我為常子的不幸感到驚恐，但也隨即順其自然地認命放棄，只是來回看著堀木與常子的臉，擺出傻笑。

然而，事情的發展超乎意料變得更糟。

「算了！」堀木噘嘴著說，「我再怎麼飢渴，也不要這種窮酸的女人……」

堀木一副受不了的樣子，雙手抱胸，直勾勾地打量常子，露出苦笑。

「拿酒來。我沒錢。」我小聲對常子說。

我真想狂飲喝個爛醉。原來看在俗物眼裡，常子甚至不配醉漢一吻，只是個寒酸貧窮的女人。這太意外了，太意外了，我從未如此想過，頓時宛如遭到晴天霹靂。於是我史無前例沒命地喝，一個勁地埋頭猛喝，爛醉如泥與常子對望，悲戚地相視微笑。經堀木這麼一說，我也才意識到，常子確實只是個異常疲憊又渾身窮酸的女人，但同時我也對她萌生一種同是窮人的親切感（此刻我也想到，貧富間的不合看似陳腐，但果然是戲劇永恆的主題）。這種同病相憐的親切感忽地湧上心頭，使我覺得常子分外惹人憐惜，以致於有生以來，儘管微弱，也首度察覺到自己主動萌生的戀心。後來我吐得亂七八糟，醉得不省人事。這是我首度喝酒喝到失去自我。

醒來後，我看到常子坐在枕邊。我睡在那個本所區的木匠店二樓。

「你說過，錢盡緣也盡。我以為你在開玩笑，想不到是真的，因為你都不來看我了。這種分手理由還真詭異啊。我賺錢養你也不行嗎？」

「不行。」

後來她睡了。黎明時分，她第一次說出「死」這個字。身為一個人，她似乎也活得筋疲力盡了。我也一樣，想到對這世界的恐懼、煩悶、左翼運動、女人、學業，我就無法再忍著活下去，因此輕易答應了她的提議。

但是，其實那時我對「尋死」還沒有真正的覺悟，多少帶著「好玩」成分。

那天上午，我們在淺草六區徘徊，走進一家咖啡店，喝了牛奶。

「你去結帳。」

我起身，從和服袖袋取出錢包，打開一看，裡面只有三枚銅板。頓時一股比羞恥更淒慘的不堪襲上心頭，腦海浮現的是，自己仙遊館的房間一片荒涼，只剩制服與棉被，已無可典當之物。若說還有什麼，也只有我現在身上穿的藍黑底碎白花紋和服與斗篷外套，這就是我的現實。我的現實清楚告訴我，我活不下去。

常子見我不知所措，也起身探頭看我的錢包。

「哎呀，只有這麼一點？」

這是一句無心之言，卻又痛進我的骨髓。而且這句話出自我第一次愛上的人，讓我覺得更痛。只有這麼一點？只有這麼一點。三枚銅板，根本算不上是錢。這是我從未體驗過的奇恥大辱，完全活不下去的屈辱。說到底，那時的我，終究尚未徹底脫離富家少爺的心態吧。直到這個當下，我才終於主動尋死，下定真正的決心。

那天夜裡，我們在鎌倉跳海。她說這條腰帶是跟店裡朋友借來的，然後解下腰帶，折好，放在岩石上。我也脫下斗篷外套，放在同一個地方，和她一起下水。

結果女人死了。只有我獲救。

我是高等學校的學生，父親的名字多少有炒作新聞的價值，因此報紙把它當成重大新聞大炒特炒。

我被送進海邊一家醫院，一位親戚從故鄉趕來為我收拾各種善後，還說故鄉的父親和家人都非常憤怒，說不定會從此跟我恩斷義絕，然後親戚就回故鄉去了。但比起這些，我更思念死去的常子，整天悲傷啜泣。因為至今認識的人裡，我真心喜歡的只有那個窮酸常子。

房東女兒捎來一封長信，裡面寫了五十首短歌，每一首都以「為我活下去」這種古怪的句子開頭。護士們也開朗地笑著來我病房玩，也有護士緊緊握著我的手。

這間醫院發現我左肺有問題，恰巧對我是件好事。因為後來警方以協助自殺將我帶離醫院，我在警局被視為病人，得以特別關在保護室。

保護室的隔壁是值班室。深夜，值班的老員警，悄悄打開牆壁的隔間門對我說：

「喂！你會冷吧，來我這邊取暖。」

我刻意垂頭喪氣走進值班室，坐在椅子上，湊向火盆取暖。

「你還是很思念那個死去的女人吧？」

「是啊。」我故意答得氣若遊絲。

「這也是人之常情啦。」

「你第一次和她發生關係，是在哪裡？」

他開始擺起架子，儼如法官，裝腔作勢地詢問我。他把我當小孩，瞧不起我，才會在百無聊賴的秋夜，裝得一副是偵訊主任，企圖套出我的風流韻事。我迅速看穿他的心思，花了一番力氣強忍噴笑。我知道這種員警的「非正式偵訊」可以一概拒答，但為了給百無聊賴的秋夜添點樂趣，我故意展現出所謂的誠意，假裝深信他就是偵訊主任，刑罰輕重也端看他一念之間，就這樣隨便「陳述」了一番，稍稍滿足他色情八卦的好奇心。

「嗯，這樣我大致明白了。只要你如實回答，我們也會斟酌留情。」

「真的很感謝您，一切請多幫忙了。」

我的演技簡直出神入化。但這賣力的表演，對我的刑責根本毫無益處。

天亮後，我被警察局長叫去。這次才是正式的偵訊。

我一開門，步入局長室就聽到：

「哦，是個帥哥啊。這不是你的錯，只能怪你母親把你生得太帥。」

這位局長，膚色微黑，可能大學剛畢業還很年輕。一進門就劈頭被他如此一說，我覺得我像半邊臉長了紅斑的醜陋殘疾者，心中滿是悽楚。

這位貌似柔道或劍道選手的局長，偵訊方式相當乾脆，和深夜那位老員警偷偷摸摸又執拗於色情的「偵訊」，簡直天壤之別。偵訊結束後，局長邊整理移交給檢方的文件，邊對我說：

「你得好好保重身體啊，聽說你還咳血了？」

這天早上，我咳得厲害，一咳就拿手帕摀住嘴巴。雖然這條手帕沾了像紅色雪霰般的血跡，但這不是從喉嚨咳出來的血，而是昨夜我摳弄耳下小膿皰所流的血。但我忽然覺得，這事不要明說對我比較有利，於是低頭垂眼，一本正經回答：

「好，我會的。」

局長寫完文件說：

「至於會不會起訴，要看檢察官怎麼決定。不過你還是打個電報或電話給你的保證人，拜託他今天來一趟橫濱的檢察局。你有監護人或保證人吧？」

我驀然想起，有位姓澀田的書畫古董商，經常出入父親東京那棟別墅。他和我們同鄉，像是跟在父親身邊拍馬屁的角色，身材矮胖，年約四十的單身漢，也是我學校的保證人。這男人的長相，尤其眼神很像比目魚，所以父親總是叫他比目魚，我也跟著叫慣了。

我向警方借電話簿，找到比目魚家的電話，撥了電話給他，拜託他來橫濱的檢察局。比目魚像變個人似的，口氣相當猖狂，但好歹也答應了。

「喂！立刻消毒那具電話！畢竟他是會咳血的人！」

我被帶回保護室後，局長扯著嗓門命令警察們，聲音大到我坐在保護室都聽得到。

中午過後，我的身體被細麻繩綁著，雖然允許用斗篷外套遮住，但一名年輕員警緊緊握住麻繩的另一端，就這樣帶著我搭電車去橫濱。

可是，我沒有絲毫不安，反倒懷念起警局的保護室，還有那位老員警。

啊，我怎麼會變成這樣？可是被當罪犯捆綁，我反倒鬆了一口氣，心情平靜了下來。縱使此刻在寫當時的追憶，我也覺得悠然自得且輕鬆愉快。

然而，在那令人懷念的回憶裡，其實有個悲慘的失敗，令我冷汗直冒，終生難忘。那時，我坐在檢察局一個昏暗房間裡，接受檢察官的簡單偵訊。那位檢察官年約四十，沉靜儒雅（如果我算俊美，一定是邪淫的俊美。那位檢察官的長相才是真正的俊美，散發出一種聰黠靜謐的氣質），不像凡事會斤斤計較的人，因此我對他毫無戒心。當我心不在焉地陳述之際，忽然又咳了起來，連忙從和服袖袋掏出手怕，驀地看到手帕上的血漬，頓時又卑鄙地起心動念，心想這咳嗽或許幫得上忙，便又誇張地假咳了兩聲，拿手帕摀嘴，瞄了一眼檢察官。就在此時，他淺淺一笑：

「是真的嗎？」

那微笑無比冷靜，嚇出我一身冷汗。不，即使現在回想起來，依然心驚膽跳。若說這比中學時，那個傻瓜竹一冷不防戳我的背說「故意的，故意的」，一腳把我踢落地獄更恐怖，一點也不為過。竹一的事，和這次檢察官的事，是我生涯兩次重大的演技失敗記錄。我有時甚至覺得，與其遭受這位檢察官沉靜的侮辱，我寧可他乾脆判我十年徒刑。

後來我獲判緩起訴。但我沒有絲毫喜悅，帶著極其悽楚的心情，坐在檢察局休息室的長椅，等候比目魚來保我出去。

後方的高窗可見晚霞滿天，海鷗排成「女」字形翺翔而去。

第三手記

一

竹一的預言，一個應驗了，另一個落空了。他說女人會煞到我，這個不光采的預言應驗了，但另一個說我會成為偉大的畫家，這個祝福的預言落空了。

我只成為沒沒無聞的三流漫畫家，為幾家粗俗的雜誌畫低俗漫畫。

鎌倉殉情事件，使我被趕出高等學校，住進比目魚家二樓，一間三疊榻榻米的房間。故鄉老家每個月會寄一點錢來，但這些錢也不是直接寄給我，而是偷偷寄給比目魚（看來是故鄉的哥哥們，瞞著父親偷偷寄來的）。這一點點微薄的錢，是我與老家僅存的連結，其他一概斷絕了。比目魚總是臭著一張臉，即使我擺出笑容討好他，他依然不笑，態度判若兩人。我不禁感慨，人居然能如此輕易說變就變，翻臉跟翻書一樣。這種大轉變實在卑鄙至極，不，應該說滑稽吧。比目魚成天只會對我說這句話：

「不可以出去喔。總之請你別出門。」

比目魚似乎認定我仍有自殺之虞，深恐我會追隨那個女人而去再度跳海，因此嚴禁我外出。可是，我酒也不能喝，菸也不能抽，只是從早到晚待在二樓三疊大的榻榻米房間，窩在暖爐桌看舊雜誌，過著像白痴的生活。這樣的我，早已連自殺的力氣也沒了。

比目魚家，在大久保的醫專附近，縱然門口掛著「書畫古董商青龍園」的招牌，也只有這幾個字氣派威風，其實是一棟兩戶建築的其中一戶，不僅門面狹小，店內也滿是灰塵，擺的淨是不值錢的破銅爛鐵（不過，比目魚本來就不是靠這些破銅爛鐵維生，而是活躍於大老闆之間的轉讓買賣珍藏品，從中穿線牟利）。他幾乎不在店裡坐鎮，通常都一早就板著臉匆匆出門，只留一個十七、八歲的小夥計顧店。這個小夥計也負責監視我，雖然他有空也會去外面和附近小孩玩傳接球，但似乎把我這個住在二樓吃閒飯的人當白痴或瘋子，甚至會擺出大人的架式對我說教。由於我生性不敢與人爭辯，只好擺出一臉疲憊或佩服的模樣洗耳恭聽，表現得相當服從。這個小夥計是比目魚的私生子，基於某些詭異的隱情，比目魚並未與他父子相稱，而且比目魚一直單身未娶，理由似乎也與這件事有關。以前家人常聊這方面的八卦，我依稀也聽過一些，但我向來對別人的身世沒興趣，因此對詳情也一無所知。可是這個小夥計的眼神，總奇妙地讓我聯想到魚眼，說不定真的是比目魚的私生子……若果真如此，這對父子也未免太悲淒了。他們曾在深夜，背著二樓的我，叫來兩碗外送蕎麥麵，父子倆默默地吃。

比目魚家的飯菜，通常是這個小夥計做的。唯獨我這個二樓吃閒飯的，小夥計會照三餐，將我的飯菜用托盤送來二樓給我。比目魚與小夥計，則在樓下陰濕的四疊半榻榻米房間用餐，不時傳來鏗鏗鏘鏘的碗盤碰撞聲，似乎吃得很匆忙。

三月底某個黃昏，比目魚可能意外找到了賺錢管道，或另有什麼計謀（就算這兩個都猜對了，恐怕還有一些我怎麼都猜不到的瑣碎原因吧），竟難得邀我下樓一起吃飯，餐桌上還擺著酒壺與生魚片，而且那生魚片不是廉價的比目魚，而是昂貴的鮪魚，連設宴作東的主人都讚聲連連，也向我這個吃閒飯的勸了一些酒。隨後，他開口問：

「今後，你究竟有什麼打算？」

我沒回答，只從桌上的盤裡夾起沙丁魚乾，望著這些小魚的銀色眼珠，醉眼朦朧地懷念起到處吃喝玩樂的時光，甚至思念起堀木，使我愈發渴望「自由」，一回神，險些低聲啜泣。

住進比目魚家後，我連搞笑的興致也沒了，只是躺著發呆，任憑比目魚和小夥計藐視我。比目魚也似乎迴避與我交心長談，我也不想追著比目魚傾訴心聲，幾乎已徹底成了一臉蠢相的米蟲。

「緩起訴，好像不會留下什麼前科，所以只要你下定決心，就可以重新做人。如果你肯真心悔改，認真來找我商量，我也會幫你想辦法。」

比目魚的說話方式，不，應該說所有世人的說話方式，總是如此拐彎抹角，迂迴模糊，帶著一種想逃避責任而故意說得微妙的複雜感。那些幾乎無益的嚴重警告，以及多到令人生厭的無數心機，總令我煩悶困惑，但後來也覺得無所謂了，不是用搞笑敷衍過去，就是索性擺出認輸態度，默默點頭，一切交由他人處理。

日後我才知道，倘若當時比目魚能簡單明瞭，像以下那段話那樣告訴我，事情便可迎刃而解。偏偏他那沒必要的警戒，不，應該說世人難以理解的虛榮，死要面子，讓我陰鬱到了極點。

倘若當時，比目魚能這麼說就好了：

「不管公立或私立，總之從四月起，你要找個學校讀。關於你的生活費，只要你入學就讀，你老家就會寄更充分的生活費來。」

一直到很後來我才知道，原來事情是這樣。如果他當時就這樣跟我明說，我也會聽從這個安排。偏偏他的說話方式過於謹慎迂迴，使我莫名地鬧彆扭，甚至徹底改變了我的人生方向。

「如果你不肯認真跟我商量，我也愛莫能助。」
「商量什麼？」
我真的摸不著頭緒。
「當然是你放在心裡的事呀。」
「比方說什麼事？」
「還比方說咧，就是你今後打算怎麼辦呀？」
「你的意思是，我去工作比較好？」
「不是。我是在問，你是怎麼想的？」
「可是，就算我想去上學……」
「上學當然需要錢。但問題不在錢，而在你的心態。」
為何他那時不說：「因為錢的事，家裡已安排要寄來了。」若他肯說這句話，我也能放心做決定，偏偏那時我宛如置身五里霧中。
「怎麼樣？你對將來抱有什麼希望嗎？照顧一個人究竟有多難，被照顧的人是不會知道的。」

「對不起。」

「不過，其實我也是很擔心你啦。既然我答應照顧你，當然也不希望你抱著得過且過的心態待在這裡。我希望你能展現決心，好好重新做人。例如你未來想走的方向，如果你肯認真跟我談這件事，我也會認真幫助你。不過畢竟是我這個貧窮比目魚的資助，如果你希望過以前那種好日子，那真的就別指望了。不過，只要你下定決心，確實擬定了未來方向，然後來找我商量，哪怕我力量微薄，我也願意幫你重新出發。你明白我這番心意吧？所以說，你今後到底有什麼打算？」

「如果你不能讓我住在這裡的二樓，我就出去工作……」

「你說這話是認真的嗎？現在這年頭，就算是帝國大學畢業的……」

「不，我不是要去當上班族。」

「那你想做什麼？」

「我想當畫家。」

我心一橫，說出這句話。

「啥啊？」

我永遠忘不了，當時比目魚縮起脖子訕笑，臉上閃過的那抹狡猾陰影。那像是輕蔑，卻又不盡然。若將世間比喻成大海，那就像漂蕩在千丈海底深淵的詭異陰影，恍如讓人得以一窺成人生活底蘊的賊笑。

後來比目魚跟我說，這樣根本談不下去，說我一點都不圖振作，要我好好想一想，今晚認真想清楚。我像是被趕走似的回到二樓，輾轉反側也想不出什麼好辦法。就這樣，到了黎明時分，我逃離了比目魚家。

「傍晚，我一定會回來。我去找左記的這位朋友，談未來的方向。請別擔心。真的。」

我用鉛筆在信紙大大寫上這段話，附上堀木正雄的名字和他在淺草的住址，就此悄悄離開了比目魚家。

我不是遭比目魚說教，心有不甘才逃走。而是正如比目魚所言，我是個不圖振作的男人，無論對未來方向之類的，完全沒有頭緒，再加上一直住在比目魚家吃閒飯，對比目魚也過意不去。縱使未來我真的發憤圖強也立定了志向，想到那個貧窮的比目魚，每個月要拿錢出來資助我重新做人，我就覺得不堪難捱，委實於心不忍。

然而，我也不是真的要去找堀木談「未來的方向」才離開比目魚家。我留下這封信只是想讓比目魚放心，哪怕只是一點點，須臾片刻都好（我之所以留下這封信，與其說是用偵探小說的策略，想趁此逃得遠一點，不，我一定多少也有這種想法，但更正確的說法其實是，我深恐我突然出走，會給比目魚帶來莫大衝擊，使他陷入混亂而不知所措。儘管事跡遲早會敗露，我還是不敢實話實說，一定會想辦法掩飾，這是我可悲的習性。這種習性類似世人鄙視的「說謊」性格，但我的掩飾從來不是為了自己的利益，我只是害怕氣氛驟然冷場，這經常令我畏懼得幾乎窒息，所以明知事後會對自己不利，我大多還是會一如往常「拼命提供服務」，無論被扭曲得多麼微弱且愚蠢，我還是秉持我的服務精神，總不免多加一兩句修飾。但這種習性，也常被世間所謂的「老實人」伺機利用）。就在寫這封信時，堀木的地址與姓名，突然從記憶底層浮現出來，我就順手把它寫上去了。

離開比目魚家，我一路走到新宿，賣掉懷裡的書，但依然窮途末路。我向來對大家都很好，卻從未實際感受過「友情」，撇開堀木這種吃喝玩樂的朋友不提，無論和誰來往，我都只感到痛苦，為了舒緩這種痛苦，我拼命搞笑，反而把自己弄得很累，縱使在路上看到寥寥無幾的熟人面孔，甚至只是像熟人的面孔，我都會心頭一驚，宛如遭到不愉快的戰慄襲擊，霎時頭暈目眩。縱使知道我受人喜愛，但我似乎缺乏愛人的能力（不過我也很懷疑，世人是否真有「愛」的能力）。這樣的我，沒有「摯友」也理所當然，況且我連「拜訪」朋友的能力都沒有。別人家的大門，對我而言，比但丁《神曲》的地獄之門更陰森恐怖。我甚至真切地感受到，那扇門的後面，傳出惡龍般腥臭的怪獸蠢蠢欲動氣息。我說真的，一點都不誇張。

我和誰都沒交情。無處可去。

堀木。

這真是弄假成真。我決定照我信上寫的，去淺草找堀木。我從未去堀木家找他，通常是打電報叫他來我這裡，無奈我此刻連電報費都付不太出來，況且我現在如此落魄潦倒，光是一通電報，堀木可能不會來。於是我決定做我不擅長的「拜訪」，嘆了一口氣搭上電車後，意識到我在這世間唯一的依靠，竟是那個堀木，倏地背脊發寒，滿心慘澹。

堀木在家。他住在骯髒巷弄底兩層樓房的二樓，唯一一間六疊榻榻米的房間，樓下住的是堀木年邁的父母與年輕工人，三人正在敲敲打打縫製木屐的鞋帶。

這天，堀木向我展現他身為都會人的另一面，套句俗話就是老奸巨猾。看在我這個鄉下人眼裡，那是令人錯愕到瞠目結舌的冷漠，狡猾的利己主義。我也這才明白，原來他不是我這種永無止境隨波逐流的人。

「你實在很令人傻眼！你老爸原諒你了嗎？還沒嗎？」

我不敢說我是逃出來的。

我一如往常呼嚨過去。明知堀木馬上會發覺，我還是呼嚨他。

「總會有辦法啦。」

「喂，這事可不能開玩笑喔！給你一個忠告，別再做傻事了。我今天有事要忙。最近我忙得不可開交。」

「有事？什麼事？」

「喂喂喂！別把我家坐墊的線扯斷了！」

我邊說話，邊無意識地搓玩自己坐的那塊坐墊的四個邊角，不知稱為縫線還是綁線的穗狀線頭，時而還會用力拉扯。只要是堀木家的東西，即便只是坐墊上的一條細線，他都寶貝得要命，可以為此橫眉豎眼斥責我，絲毫不顯愧色。仔細想想，我和堀木交往至今，他從未損失過什麼。

堀木的老母親，用托盤端來兩碗年糕紅豆湯。

「啊，您這真是……」

堀木像是真心孝順的兒子，面對老母親誠惶誠恐，說話也恭敬到不自然的地步：

「不好意思，這是年糕紅豆湯嗎？實在太豐盛了。您真的不用這麼費心，我有事馬上就要出門了。不過，既然您特地煮了拿手的年糕紅豆湯，不吃就太可惜了，那我要開動囉。你要不要吃一碗？這是我媽特地煮的年糕紅豆湯喔。啊，實在太好吃了，太豐盛了啦。」

堀木似乎也不盡然在演戲，真的很開心，吃得津津有味。我也啜了一口紅豆湯，卻只吃到白開水的味道，接著嚐了年糕，那根本不是年糕，我不知道那是什麼東西。我絕非輕蔑他們的貧窮（當時，我並不覺得難吃，也很感謝老母親的盛情款待。雖然我害怕貧窮，但我不會看不起貧窮）。從這碗年糕紅豆湯，以及堀木為年糕紅豆湯欣喜的模樣，我看到都會人的儉樸本性，還有東京家庭那種內外有別的生活實態。只有我這個內外不分，只會不斷逃離人類生活的蠢蛋徹底遭到遺棄。我甚至覺得連堀木都拋棄了我，深感狼狽不堪，拿著掉漆的筷子吃著年糕紅豆湯，心中滿是落寞。我只是想寫下當時的心情。

「不好意思，我今天還有事要忙。」堀木起身，邊穿外套邊說，「我失陪了，抱歉。」

就在此時，一名女子來找堀木，我的命運也急遽轉變。

堀木頓時變得神采奕奕：

「啊，真是抱歉，我現在正打算去找妳，不料這個人突然跑來。不，不用理他沒關係。來，請進。」

堀木顯得相當慌亂，當我拿起自己的坐墊翻面遞出去，他一把就搶過去又翻了面，遞給那名女子。這房間，除了堀木的坐墊，就只有一塊客人用的坐墊。

這名女子身形高瘦。她將坐墊挪到一旁，在門邊的角落坐下。我呆愣地聽他們交談。她好像是雜誌社的人，之前委託堀木畫插畫還是什麼的，今天來拿畫稿。

「我急著要……」

「我畫好了，我早就畫好了。就是這個，請看。」

這時電報來了。

堀木看了電報後，原本一臉興高采烈，猛地猙獰了起來。

「嘖！你看！這是怎麼回事？」

是比目魚拍來的電報。

「總之，你現在就給我回去！要我送你回去也行，但我現在沒這個閒工夫！哪有人離家出走還一派悠哉！」

「你家住在哪裡？」女子問。

「大久保。」我不禁脫口回答。

「那離我們公司很近。」

這名女子生於甲州，二十八歲，和五歲女兒住在高圓寺的公寓。她說丈夫已過世三年。

「你如此窩心體貼，想必成長過程吃了不少苦吧。真可憐。」

就這樣，我第一次過起小白臉的生活。靜子（這位女記者的名字）去新宿的雜誌社上班後，我就和靜子五歲的女兒茂子乖乖看家。以前母親不在時，茂子都在公寓管理員的房間玩，現在有「窩心體貼」的叔叔陪她玩，顯得相當開心。

我茫然地在這裡待了一星期。公寓窗外的電線上，卡著一只形似武士家僕的風箏，被帶著沙塵的春風吹破了，卻仍緊纏著電線不放，而且那模樣像在頻頻點頭。每次我看到這一幕便不由得苦笑，面紅耳赤，夜裡還會作夢呻吟。

「我想要點錢。」

「……多少錢？」

「很多。……俗話說錢盡緣也盡，是真的喔。」

「這是什麼蠢話。這種老掉牙的……」

「哦？可是，這妳就不懂了。照這樣下去，我可能會逃走喔。」

「真是怪了。到底誰比較窮？又是到底誰才該逃走？」

「我想靠自己賺錢，用那個錢來買酒，不，買香菸。而且說到畫畫，我自認比堀木厲害多了。」

此時，我腦海浮現的是，中學畫的那幾張被竹一稱為「妖怪」的自畫像。我認為那才是優秀的畫作。但那是遺失的傑作，在一次次搬家中全部遺失了。後來我也試著畫了不少，無奈都遠不及記憶中的逸品，我覺得我的心像被掏空似的，常常陷入倦怠的失落感。

一杯喝剩的苦艾酒。

我暗自以此形容，這永難彌補的失落感。只要談到繪畫，這杯喝剩的苦艾酒就會隱隱浮現眼前。啊，好想讓靜子看看那些畫，讓她相信我有繪畫天分。這種焦躁令我苦悶不已。

「呵呵，真的嗎？你這個人可愛之處，就是會一臉正經開玩笑。」

我不是在開玩笑，我是說真的。啊，真想讓她看看那些畫。我如此暗自煩悶，卻忽然轉念一想，算了，於是改說：

「我是說漫畫啦。至少我的漫畫，畫得比堀木好。」

這句呼嚨的玩笑話，她反而認真的相信了。

「是啊，其實我也很佩服呢。看到你畫給茂子的那些漫畫，連我都忍不住噗嗤笑了出來。你要不要畫畫看？我可以幫你拜託我們雜誌的總編輯。」

那間雜誌社，發行沒什麼名氣的兒童月刊。

……女人看到你，通常會忍不住想為你做些什麼。……因為你總是畏畏縮縮，卻又幽默風趣。……有時你一個人很消沉的樣子，那抑鬱的模樣反而更撩動女人的心。

除此之外，靜子還傾訴了很多。就算是在捧我，我一想到這都是小白臉的齷齪特質，反而更變得「消沉」，遲遲提不起勁。錢比女人重要，我暗自盤算要擺脫靜子自食其力，結果卻反而落得越來越依賴她，包括離家出走後的種種善後，也都交給這個比男人厲害的甲州女人收拾，到頭來搞得我對靜子，越來越「畏畏縮縮」。

在靜子的安排下，比目魚、堀木和靜子會談達成了協議。我遭老家徹底斷絕關係，但得以「光明正大」與靜子同居。此外在靜子的奔走下，我的漫畫也意外賺了不少錢，我拿這筆錢買酒買菸，但我的惶恐鬱悶卻與日俱增。這真是「消沉」又「消沉」，簡直快沉到谷底了。我在靜子他們的月刊連載漫畫《金太與尾太歷險記》，幾度在作畫時忽然憶起故鄉老家，一陣悽楚湧上心頭，難過得動不了筆，默默低頭落淚。

當時唯一能稍微安慰我的是茂子。這時茂子已能毫無芥蒂地喊我「爸爸」。

「爸爸，只要向神祈禱，神就會答應任何事情，是真的嗎？」

我才想向神祈禱呢。

啊，神啊，請賜予我冰冷的意志，讓我明白「人」的本質。一個人排擠另一個人，難道也無罪嗎？請賜予我憤怒的面具。

「嗯，對啊。小茂祈禱的話，神可能什麼都會答應妳。可是爸爸祈禱就不管用了。」

我連神都怕。我不相信神的愛，只相信神的懲罰。我認為信仰，只是為了接受神的鞭笞，低頭走向審判台。縱使我相信地獄，但實在難以相信天堂的存在。

「為什麼不管用？」

「因為我不聽爸媽的話。」

「哦？大家都說爸爸是個大好人耶。」

那是因為我欺騙了大家。我知道這棟公寓的人都對我有好感，但他們不知道我有多怕他們。越是害怕他們，越想討好他們，然後他們越是喜歡我，我就越害怕，怕到非得離開不可。我這種不幸的怪癖，實在很難說給茂子聽。

「小茂，妳到底想向神祈求什麼呢？」

我裝作若無其事地改變話題。

「我啊，我想要一個真正的爸爸。」

我心頭一驚，頭暈目眩。敵人，我是茂子的敵人嗎？抑或茂子是我的敵人？總之，這裡也有威脅我的可怕大人。他人，難以理解的他人，充滿祕密的他人。我在茂子的臉上，看到如此複雜的樣貌。

「色魔！你在嗎？」

堀木又開始來找我了。我離家出走那天，他讓我受盡難堪，但我依然無法拒絕他，帶著淡淡的微笑迎接他。

「聽說你的漫畫頗受歡迎嘛。業餘的就有這種天不怕地不怕的憨膽，我真是贏不了你啊。不過，你可別掉以輕心喔！你的素描底子太差了！」

堀木擺出大師般的架式。我一如往常又暗自煩悶，要是我拿那些「妖怪」畫作給他看，不曉得他會露出什麼表情。但我還是打哈哈地說：

「你別這麼說嘛，嚇得我都快尖叫了。」

堀木聽了愈發得意。

「光靠善於處世的才華，遲早會露出破綻喔。」

善於處世的才華……我真的只能苦笑了。他居然說我有善於處世的才華！難道我這種畏懼人類、逃避人類、總是敷衍別人的人，居然和遵奉「多一事不如少一事」這種狡猾鑽營處世格言之輩，看起來是同一種人？啊，人類不瞭解彼此，完全誤解對方，偏又以為自己是對方獨一無二的摯友，一生都沒察覺到這一點，竟也能在對方死後哭著誦念悼文吧。

不過堀木好歹是我離家出走後，幫我收拾善後的人之一（雖然一定是被靜子硬逼才勉強答應的），所以就大辣辣地擺出像是我重生大恩人或月下老人的架子，不是一臉天經地義來對我說教，就是深夜喝得醉醺醺來登門借宿，甚至有時還會來向我借五圓（每次一定都是五圓）。

「不過，你玩女人的毛病也該改一改了。再這樣下去，世人不會原諒你喔。」

「世人」，究竟是什麼？是「人」的複數嗎？哪裡有所謂世人的實體？我活到今天都當它是一種強大、嚴苛、恐怖的東西，此刻被堀木這麼一說，我猛地恍然大悟。

「所謂的世人，就是你吧？」

我差點脫口而出，話到了舌尖又吞了回去。因為我不想惹惱堀木。

（世人不會原諒你。）

（不是世人，是你不會原諒我吧？）

（做這種事，世人會撻伐你喔。）

（不是世人，是你吧？）

（你很快就會被世人葬送掉。）

（不是世人，要葬送我的是你吧？）

就是你！你認清你那恐怖、荒誕、惡劣、老奸巨猾、妖婆般的德行吧！這些內心戲在我在心裡橫衝直撞，但我也只是拿手帕擦擦臉上的汗珠，笑著說：

「冷汗，冷汗。」

然而從此，我有了「世人即個人」的想法。

自從我開始認為「所謂世人，就是個人吧」，相較以往，我多少敢憑自己的意志行動了。借靜子的話說，我變得有些任性，不再畏畏縮縮。借堀木的話說，我變得莫名小氣。借茂子的話說，我不再那麼疼愛她了。

我變得沉默寡言，沒有笑容，每天當茂子的保姆，一邊畫《金太與尾太歷險記》，此外也接了其他出版社的邀稿（雖然零零星星，但除了靜子的雜誌社，也陸續有其他出版社向我邀稿，但都是比靜子的公司更低俗的三流出版社），例如明顯模仿《悠哉老爸》的《悠哉和尚》，還有《急驚風阿品》等，淨是些標題莫名其妙到連我都自慚形穢的漫畫連載。我真的是滿心陰鬱，慢吞吞地畫（我運筆很慢），現在我畫畫只為了酒錢。然後等靜子下班回來，我就和她換班外出，去高圓寺車站附近的路邊攤或小酒吧喝廉價烈酒，喝到心情好些才回公寓。

「妳的臉真是越看越怪。其實《悠哉和尚》的臉，我是從妳的睡臉得到靈感的。」

「你的睡臉也老了很多喔！像個四十歲的男人。」

「還不都是妳害的，都是被妳吸乾的。人生啊，變幻似流水，川畔垂柳啊何須愁～」

「別鬧了，快點睡吧。還是說，你想吃飯？」

她一臉淡定，完全不理我。

「有酒的話，我倒是想喝。人生啊，變幻似流水。流水啊，呃不，人生啊～變幻似流水～」

我邊唱，邊讓靜子幫我脫衣服，將額頭抵在她的胸口沉沉睡去。這就是我的日常。

然後翌日又重複同樣的事，
不變地遵循昨日慣例即可。
亦即只要能避開猛烈巨大的歡樂，
自然也不會有巨大悲哀來襲。
前方若有石頭擋路，
蟾蜍會繞道而行。

當我讀到上田敏[4]翻譯居伊・查爾・柯婁[5]的這段詩句，兀自臉紅得雙

4 上田敏（1874-1916），日本詩人、評論家、翻譯家。文中詩句出自他翻譯的詩集《牧羊神》。

5 居伊・查爾・柯婁（Guy-Charles Cros，1879-1956），法國象徵主義時期詩人，詩風多以細膩感性抒寫現實苦惱，注重純粹生活之美的秩序與和諧，此段詩句出自詩作〈世間的人們……〉一節。

頰發燙，簡直像快燒起來了。

蟾蜍。

（這就是我。沒有什麼世人原不原諒，也沒有葬不葬送的問題。我是比貓狗更劣等的動物，蟾蜍。只是一隻慢吞吞行動的蟾蜍。）

我的酒越喝越兇。不僅在高圓寺車站附近喝，甚至喝到新宿、銀座那一帶去，有時還會外宿。我只是不想再遵從「慣例」，不僅在酒吧耍無賴，還把酒吧裡女人都亂吻一通，總之又變回殉情以前，不，比那時喝得更荒唐下流，沒錢了甚至拿靜子的衣服去典當。

住進靜子家，看著那只破風箏苦笑已過了一年多。櫻樹長出嫩葉時，我又偷偷把靜子的和服腰帶和襯衣拿去典當，換到了錢就去銀座喝酒，並連續兩晚外宿。到了第三天晚上，我終於覺得過意不去，下意識地躡手躡腳，來到靜子的公寓前，聽到屋裡傳來靜子與茂子的對話。

「為什麼要喝酒呢？」

「爸爸他不是喜歡喝酒才喝的喔。因為他人太好了，所以……」
「好人就會喝酒嗎？」
「也不是這樣啦……」
「爸爸看了一定會嚇一跳吧。」
「這也不見得，說不定他會討厭。妳看妳看，從箱子跳出來了。」
「好像急驚風阿品喔。」
「對啊。」
屋內傳來，靜子由衷感到幸福的輕聲低笑。
我悄悄把門打開一道細縫，往裡一窺，原來是一隻小白兔。小白兔在房裡跳來跳去，母女倆在後面追。
（這對母女真幸福。我這個蠢蛋進入她們之間，很快就會毀了她們的幸福。小小的幸福。美好的母女。啊，若神肯聽我這種人祈禱，我祈禱一次就好，一生一次就好，請給我幸福。）

我很想當場蹲下雙手合掌祈禱。但我只是輕輕地關上門，又往銀座走去。自此，再也沒回這間公寓。

我來到京橋附近一間小酒吧的二樓，又開始當起小白臉，過著吃軟飯的生活。

世人。我似乎也隱約對世人有些瞭解了。那是個人與個人之爭，而且是當場之爭，只要在那個當下贏了就好。人**絕對不會服從別人**，就算奴隸也有奴隸卑屈的報復手段。所以人只能當場一決勝負，否則別無生存餘地。儘管標榜大義名分，但努力的目標終究是為了個人，超越了個人還是個人。世人的難以理解，其實是個人的難以理解。汪洋大海並非世人，而是個人。想通了這點，我終於稍微擺脫了對世人這個汪洋大海的恐懼，不再像以前那樣漫無邊際的瞻前顧後，也就是說，我學會了只顧眼前需要，稍微敢厚臉皮了。

我離開高圓寺的公寓，來到京橋的小酒吧，只對老闆娘說一句話：

「我跟她分手了。」

這句話便以足夠，亦即勝負已定。當晚我就大搖大擺住進小酒吧的二樓。但理應很可怕的「世人」卻沒有危害我，而我也沒對「世人」做任何辯解。只要老闆娘願意，一切都不成問題。

我像這間小酒吧的客人，又像老闆娘的老公，也像跑腿的，或是親戚之類的。看在旁人眼裡，我應該是個來路不明的人，但「世人」毫不質疑，常客也總是「小葉，小葉」地親切喚我，對我很好，還會請我喝酒。

也因此，我對世間不再那麼提防，也覺得世間沒那麼恐怖。換句話說，我以往的恐懼，像是被「科學的迷信」唬住了，擔心春風裡有幾十萬個百日咳細菌；公共澡堂有幾十萬個令人失明的細菌；理髮廳有幾十萬個害人禿頭的細菌；省線電車的吊環有無數疥癬蟲；此外生魚片和烤得半熟的牛豬肉，一定藏著條蟲或吸蟲的蟲卵；赤腳走路腳底會被碎玻璃扎到，碎玻璃順著血管在體內流竄，最後刺到眼球導致失明。的確，空氣中飄浮著幾十萬個細菌，以「科學」而言是正確的。但另一方面，我現在也已懂得，只要完全抹殺這個存在，它就只不過是和我毫無瓜葛、轉眼即逝的「科學幽靈」。人們常說，如果一個便當盒吃剩三粒飯，一千萬人一天各剩三粒飯，等於不曉得浪費了多少袋米。又或者，如果一千萬人每天各節省一張衛生紙，不知道可以省下多少紙漿。以前我被諸如此類的「科學統計」嚇壞了，每當吃剩一粒飯或擤個鼻涕都有種錯覺，彷彿自己浪費了如山高的米飯與紙張，這種錯覺使我非常懊惱，心情低落得像犯了什麼重罪。但這正是「科學的謊言」、「統計的謊言」、「數學的謊言」，三粒米飯不是能匯集的東西，就算拿來當乘除法的應用題，也是極其原始且低能的題目。其愚蠢的程度，就像計算沒開燈的昏暗廁所裡，人要進去幾次，才會有一次單腳踩空掉進糞坑裡的機率，或像計算省線電車的乘客，多少人當中有幾個人，會失足踩進車門與月台間的空隙裡，是一樣可笑的。儘管這種事再怎麼有可能發生，我都從沒聽過踩空掉進糞坑而受傷的例子。然而長久以來，人們將這種假設當作「科學事實」灌輸給我，而昨天以前的我，也把它當成事實全盤接受，還為此憂心害怕，想想真是好氣又好笑。看來我已逐漸明白世人，或者說世間這個實體了。

可是話說回來，我依然很怕人類這種生物。要和店裡的客人見面，我也得先猛灌一杯壯膽才行。因為我要見的是可怕的生物。儘管如此，我還是每晚去店裡，就像小孩看到有些害怕的小動物，反而偏要緊緊抓住。我甚至會醉醺醺地，向店裡的客人吹噓膚淺的藝術論。

漫畫家。唉，但我是沒有巨大歡樂，也沒有巨大悲哀的無名漫畫家。我急切渴望猛烈巨大的歡樂，縱使隨後會降臨巨大的悲哀也無妨，無奈我現在的歡樂，只不過是陪客人扯淡，喝客人請的酒。

來到京橋，過這種無聊的生活已近一年，我不只為兒童雜誌畫漫畫，也開始在車站販賣的低俗猥褻雜誌畫漫畫。我以「上司幾太」（與殉情未遂同音）這個戲謔的筆名，畫齷齪的裸體畫，旁邊通常搭配《魯拜集》[6]的詩句。

---

6 《魯拜集》（*Rubaiyat*），波斯詩人奧瑪・珈音（Omar Khayyam，1048-1131）的四行詩集。

何不停止徒勞的祈禱
索性拋開引人落淚之物
來喝一杯吧，且記美好回憶
忘卻多餘煩憂

以不安與恐懼威脅他人的傢伙
畏怯自己犯下的大罪
為了防備死者的復仇
終日在腦海不停算計

昨夜，美酒令我滿心喜悅
今晨，醒來徒留荒涼
為何，僅僅一夜之隔

心情竟如此迥異

別再想什麼報應
宛如遠方傳來的陣陣鼓聲
不由得令人膽顫心驚
若連放個屁都有罪就沒救了

正義是人生的指標？
那麼血流遍地的戰場
暗殺者的刀鋒
又存在著什麼正義？

究竟哪裡有指導原理？

又散發何種睿智光芒？
浮世既美麗又恐怖
懦弱之子被迫背負難以負荷的重擔

只因種下無可奈何的情慾種子
便受盡善惡罪罰的詛咒
卻也只能束手無策倉皇失措
只因神沒賜予摧毀的力量與意志

你在何處徬徨徘徊？
在批判、檢討、重新認識什麼？
嘿，那是空虛的夢想，不存在的幻影
嘿嘿，忘了喝酒，一切都是虛妄的想法

何不抬頭仰望無垠天空
我們只是飄浮其中渺小一點
誰知這地球為何自轉
自轉、公轉、反轉都隨便他

所到之處，我都感到至高的力量
在所有國家所有民族裡
我都發現相同的人性
莫非唯獨我是異端

大家都曲解《聖經》了
否則就是沒常識也沒智慧
竟然禁止肉身的喜悅，也禁止喝酒

夠了，穆斯塔法，我最厭惡這個

不過當時，有位少女勸我戒酒。

「這樣不行啦，每天從大白天就喝得醉醺醺。」

她是酒吧對面一家小香菸舖老闆的女兒，年約十七、八歲，名叫良子，膚色白皙，長著小虎牙。每次我去買菸，她都會笑著勸我。

「為什麼不行？有什麼不好？有酒當喝，人子啊，消除心中的憎惡吧，消除消除。這是以前波斯一位詩人……算了，總之這位詩人還說，能為悲傷疲憊的心帶來希望的，唯有令人微醺的玉杯。妳懂嗎？」

「不懂。」

「妳這臭丫頭，小心我吻妳喔！」

「你吻啊！」

她毫不膽怯地噘起下唇。

「傻瓜，要有貞操觀念……」

但她的表情，分明散發出從未遭人玷汙的處女氣息。

剛過完年的一個寒夜，我醉醺醺去買菸，不慎跌入菸鋪前的人孔洞，大叫：「良子！快來救我啊！」良子把我拉上來，為我包紮右臂傷口時，語重心長地說：

「你喝太多了。」

她說這話絲毫沒有笑容。

我不怕死，但若受傷流血乃至成為殘障，我萬萬無法接受，因此看著良子為我包紮手臂傷口時，我心想或許該戒酒了。

「好，我戒酒。從明天起，我滴酒不沾。」

「真的？」

「我一定會戒掉。如果我戒掉了，良子，妳願意嫁給我嗎？」

但，我要她嫁給我是開玩笑的。

「當呀。」

「當」是「當然」的簡稱。當時流行各種簡稱，例如「摩登男子」簡稱「摩男」，「摩登女子」簡稱「摩女」。

「好，我們打勾勾約定，我一定會戒酒。」

然而翌日，我又從大白天開始喝酒。

到了傍晚，醉醺醺步履不穩地出門，來到良子的菸鋪前。

「良子，對不起哦，我又喝酒了。」

「哎喲，真討厭。你不要假裝喝醉啦。」

我心頭一驚，醉意全醒。

「不，是真的，我真的喝酒了。我不是在裝醉。」

「你別逗我了，你好壞哦。」

良子毫不起疑。

「妳應該看得出來呀，我今天又從大白天就開始喝酒。請妳原諒我。」

「你好會演戲哦。」

「我沒有在演戲。傻瓜，小心我吻妳喔！」

「你吻啊！」

「不行，我沒有資格，也沒有資格要妳嫁給我了。妳看我的臉，很紅吧？因為我喝酒了。」

「那是因為夕陽照在你臉上啦。你騙不了我。我們昨天約好了，你不可能喝酒，我們還打勾勾了呢！你說你喝酒根本是騙人的！騙人！騙人！」

看著良子坐在微暗店裡微笑的白皙臉蛋，我不禁暗自思忖，啊，不知汙穢的處女是尊貴的。迄今，我沒和比自己年輕的處女上過床，心想和處女結婚吧，此生只要一次就好，若能享受那猛烈巨大的歡樂，隨後會有多麼巨大的悲哀降臨都無所謂。雖然這種處女性之美，只是愚蠢詩人的甜蜜感傷幻想，但畢竟活在這人世，我想和她結婚，到了春天，兩人一起騎單車去看青葉瀑布。於是我當場下定決心「一決勝負」，毫不遲疑盜採了這朵花。

不久，我們結婚了。婚後我得到的歡樂未必巨大，但隨之而來的悲哀，卻巨大到淒慘不足以形容，完全超乎我的想像。對我而言，「世間」果然是深不見底的可怕地方，絕非「一決勝負」就能搞定，世間沒這麼好混。

二

堀木與我。

我們輕蔑彼此卻又保持來往，而且彼此都自甘墮落，若這就是世人所謂的「交友」樣貌，那我和堀木的關係，無疑是真正的「交友」。

多虧京橋那間小酒吧老闆娘的俠義心腸相挺（俠義心腸用在女人身上，或許很奇怪，但依我的經驗，至少以都會男女來說，女人比男人更有俠義心腸，男人通常怯懦膽小，只顧粉飾面子，而且很小氣），香菸鋪的良子成了我未入籍的妻子。於是我在築地隅田川附近，租下一棟木造二樓公寓的一樓小房間，和良子住在這裡。我戒了酒，也用心做著逐漸成為正職的漫畫工作，晚餐後我們會一起去看電影，回程去咖啡店小坐，時而也會買盆花回來。然而我最開心的，莫過於聆聽這個由衷信任我的小新娘說話，看她的一舉一動，覺得自己終於也可以慢慢活得像個人了，應該不至於以悲慘的死法結束一生。正當我如此天真甜蜜地暗忖之際，堀木又出現在我眼前。

「嗨！色魔！唷？瞧你這模樣，怎麼變得有些道貌岸然。今天我是當高圓寺女士的使者來找你……」

他說著說著，忽然壓低嗓門，用下巴指了指在廚房泡茶的良子，低聲問：

「不要緊嗎？」

「不要緊，有話直說。」我沉著以對。

事實上，良子堪稱信任的天才。不僅我和京橋小酒吧老闆娘的事，連我跟她說鎌倉那起事件，她也不懷疑我和常子的關係。並非我撒謊撒得好，有時我乾脆直接挑明了說，良子依然認為我在開玩笑。

「你還是一樣自戀啊。沒什麼，不是什麼大不了的事，只是高圓寺女士託我帶個口信來，要你有空去坐坐。」

即將淡忘之際，怪鳥就會展翅飛來，用牠的鳥喙啄破記憶的傷口。過往的羞恥與罪惡記憶，旋即又歷歷呈現眼前，嚇得我幾乎驚聲尖叫，坐立難安。

「出去喝一杯吧。」我說。

「好。」堀木回答。

我與堀木。我們很像。我有時甚至覺得我們長得一樣。不過這當然，只限於我們到處去喝廉價酒的時候。總之，只要我們一碰面，轉眼就像兩隻外型毛色都相同的狗，在下雪的巷弄間跑來跑去。

從那天起，我們再度重修舊好，不僅一起去京橋那間小酒吧，最後兩隻爛醉如泥的狗，還造訪了高圓寺靜子的公寓，甚至曾夜宿在那裡。

我永遠忘不了，那是悶熱的夏夜。堀木在黃昏時，穿著皺巴巴的浴衣來我築地的公寓，說他今天因為急用把夏季和服拿去當了，但被家中老母知道會很麻煩，想要立刻贖出來，叫我借他一點錢。很不巧的，我手上也沒錢，於是我照例吩咐良子，要她把自己的衣服拿去當鋪換錢。錢借給堀木後還剩一點，我叫良子拿剩下的錢去買燒酎。然後我們兩人跑去公寓屋頂，吹著隅田川時而微微帶著臭水溝味道的風，辦了一場有點髒的納涼晚宴。

那時，我們玩起辨別喜劇名詞與悲劇名詞的遊戲。這是我發明的遊戲。既然所有的名詞，都有男性名詞、女性名詞、中性名詞之分，我認為也應該有喜劇名詞與悲劇名詞之分。譬如，汽船和火車是悲劇名詞，市營電車和巴士則屬喜劇名詞。不知箇中緣由者，不配談藝術。一位劇作家，只要在喜劇中插入一個悲劇名詞，這位劇作家就不及格了。反之悲劇亦然。

「可以開始了吧。香菸？」我問。

「悲（悲劇的簡稱）。」堀木立即回答。

「藥呢？」

「是藥粉？還是藥丸？」

「注射。」

「悲。」

「是嗎？也有荷爾蒙注射的喔。」

「不，斷然是悲。首先『針』就很悲劇了吧，你不認為嗎？」

「好，算我輸。可是我跟你說，藥和醫生，是出乎意料的喜（喜劇的簡稱）喔。那死呢？」

「喜。牧師與和尚亦然。」

「說得好！那麼，生是悲劇囉？」

「不對，生也是喜劇。」

「可這樣說的話，不就什麼都是喜劇了嗎？那我再問你一個，漫畫家呢？這你不會說是喜劇了吧？」

「悲，悲。大悲劇名詞！」

「搞什麼嘛，你才是大悲劇！」

就這樣，變成低級笑話般的鬥嘴。雖然很無聊，但我們認為世上沙龍都沒有如此風雅的遊戲，覺得頗為得意。

此外，當時我還發明了另一款和這個很像的遊戲，叫做「反義詞」。譬如黑的反義詞是白。但白的反義詞是紅。紅的反義詞是黑。

「花的反義詞是什麼？」

我如此一問，堀木歪嘴沉思。

「我想想看喔，有一家餐館叫做花月，所以是月。」

「這哪有反？反倒是同義詞。就像星星和紫董花，是同義詞吧[7]。這不是反義詞。」

7 典出明治時期浪漫主義的「星董派」，星星與紫董花同為象徵甜蜜悲傷的戀情，主要代表人物為與謝野鐵幹．晶子夫妻。

「好吧。那麼……蜜蜂。」

「蜜蜂？」

「牡丹對……螞蟻嗎？」

「搞什麼，那是畫題啦。別想打馬虎眼。」

「我知道了！花對烏雲……」

「應該是月對烏雲吧。」

「對對對，花對風。是風。花的反義詞是風。[8]」

「真糟糕，這是浪花小調的歌詞吧？你原形畢露了喔。」

「不對，是琵琶。」

「這更離譜了。花的反義，應該舉出世上最不像花的東西吧。」

「所以是那個……等一下，搞什麼嘛，原來是女人啊？」

「順便再來一題，女人的同義詞是什麼？」

「內臟。」

「看來你對詩歌一竅不通啊。那，內臟的反義詞是什麼？」

「牛奶。」

「這答得不錯，繼續保持下去。再來一題，恥的反義詞是什麼？」

「無恥。就是流行漫畫家上司幾太。」

「那堀木正雄呢？」

講到這裡，兩人都漸漸笑不出來了。腦海裡宛如充滿燒酎特有的玻璃碎片，心情陰鬱了起來。

「你囂張什麼！我可沒像你那麼丟臉，還被警察的繩子綁過。」

我心頭一驚。原來堀木壓根瞧不起我，骨子裡沒把我當真正的人看待，只把我當成尋死不成、恬不知恥的愚蠢怪物，也就是「行屍走肉」，而且只是為了他自己的快樂，竭盡所能地利用我。我之於他，只是這樣的「交

8 月對烏雲，花對風，是一組對句，亦為日本俗諺，意指好事常會冒出阻礙，比喻好景不常。

友」。想到這裡，我當然不是滋味，但隨即又想到，堀木會這樣看我也是理所當然，畢竟我從小就像個沒資格當人的孩子，所以被堀木瞧不起也是應該的。如此轉念一想，我裝出不以為意的表情說：

「罪。罪的反義詞是什麼？這一題很難喔。」

「就法律啊。」

堀木答得一派從容。我不禁重新端詳堀木的臉。他的臉映著附近大樓閃爍的紅色霓虹燈光，儼然如威嚴的魔鬼刑警。我出神凝望，驚愕之至。

「罪的反義詞，應該不是這種東西吧。」

他竟說「罪」的反義詞是「法律」！不過世人可能都想得這麼簡單，所以才能若無其事地過日子吧。他們認為沒有刑警的地方，才有罪行蠢動。

「要不然是什麼？神嗎？你就是有這種基督教傳教士的調調，真是令人討厭。」

「哎喲，別這樣輕易下斷論嘛。我們再好好想想。這是個很有意思的題目不是嗎？只要看一個人怎麼答這個問題，就能看清這個人的一切。」

「怎麼可能。……罪的反義詞是，善。善良的市民，也就是像我這種人。」

「你別開玩笑了。可是善，是惡的反義詞喔。不是罪的反義詞。」

「惡和罪，不一樣嗎？」

「我認為不一樣。善惡的概念是人類創造出來的，是人類自行創造的道德語彙。」

「你煩不煩啊！那果然還是神吧。神！神！不管怎樣，反正回答神就沒錯。我肚子餓了。」

「良子現在在樓下煮蠶豆。」

「感激不盡。我最愛吃蠶豆了。」

他雙手搭在後腦勺，隨意仰躺而下。

「看來你對『罪』一點都沒興趣啊。」

「我當然沒興趣呀，我又不是你這種罪人。我雖然沉迷酒色，但我可沒害死女人，也沒捲走女人的錢喔。」

我沒有害死女人，也沒有捲走女人的錢。儘管微弱，但我內心也拼命發出抗議聲，偏偏我的壞毛病又使我轉念一想，對，是我的錯。

我無論如何就是無法當面為自己辯護。燒酎陰鬱的醉意使我心情越來越差，我拼命壓著滿腔壞心情，幾近自言自語地說：

「可是，不是只有被關進牢裡才是罪。我覺得，只要知道罪的反義詞，也許就能掌握罪的實體……神……救贖……愛……光……可是，神有個反義詞叫撒旦，救贖的反義詞是苦惱吧，愛有恨這個反義詞，光也有暗這個反義詞，善有惡，罪與祈禱，罪與懺悔，罪與告白，罪與……啊，全都是同義詞。所以罪的反義詞究竟是什麼？」

「罪的反義詞是蜜啦[9]。甜如蜜。我餓扁了，你去拿點吃的來吧。」

「你不會自己去拿！」

我生平第一次暴怒大吼。

「好吧，那我到樓下去，和良子一起犯罪。與其在這裡議論，不如實地調查。罪的反義詞，是蜜豆，不，是蠶豆吧？」

他幾乎已醉得口齒不清了。

「隨便你。你滾吧！」

「罪與飢餓，飢餓與蠶豆，不，這都是同義語吧？」

他一邊瞎掰，一邊起身。

罪與罰。杜斯妥也夫斯基。這書名與作家瞬間閃過我腦海時，我猛然怔住了。說不定，杜斯妥也夫斯基沒把罪與罰當成同義詞，而是當反義詞擺在一起？罪與罰，絕不相通，就如水火不容。將罪與罰視為反義詞的杜斯妥也夫斯基，他那筆下的水棉，腐臭的水池，麻亂的底層……啊，我快想通了，

9 罪的日語發音是「tsumi」，而「蜜」恰好相反是「mitsu」。

不，還沒……正當思緒如走馬燈在腦海打轉之際，傳來一聲：

「喂！那蠶豆太離譜了！你快來！」

堀木的聲音和神色都變了。剛才他搖搖晃晃起身下樓，沒一會又折了回來。

「幹嘛啦？」

堀木一臉殺氣騰騰。我跟著他從屋頂下到二樓，再從二樓走向我一樓房間的途中，堀木突然在樓梯止步，低聲指著下方對我說：

「你看！」

我房間上方的小窗開著，可以看到房裡的情況。房裡開著燈，有兩隻動物。

我頓時頭暈目眩，呼吸急促，在內心低喃：「這也是人的一種面貌，這也是人的一種面貌，沒什麼好大驚小怪。」甚至忘了去救良子，就這樣呆立在樓梯。

堀木用力咳了一聲。我兀自逃命似地衝回屋頂，躺在屋頂上仰望濕氣很重的夏日夜空。這時襲向我的情緒，既非憤怒，也非嫌惡，但也不是悲傷，而是極其淒厲的恐懼。但也不是害怕墓地鬼魂那種恐懼，比較像在神社杉林裡遇到穿白衣的神體時，那種來自遠古不容分說的粗暴恐懼感。我頭髮的少年白始於此夜，後來我終於對一切喪失自信，也終於不再相信別人，永久遠離對這人世生活的一切期待、喜悅與共鳴。在我一生中，這是個決定性的事件。我的眉間彷彿遭人從正面砍了一刀，從此，無論接近誰，這道傷口都會痛。

「我很同情你，可是這麼一來，你多少也認清事實了吧。我不會再來這裡。這裡簡直是地獄……不過，你就原諒良子吧。畢竟你也不是什麼好東西。我告辭了。」

堀木也沒笨到一直待在這種尷尬的地方。

我起身，獨自喝燒酎，然後放聲大哭。一直哭，一直哭，哭個不停。

不知何時，良子端著一盤堆得高高的蠶豆，茫然地站在我背後。

「他說不會對我怎麼樣……」

「算了，別說了。妳向來不會懷疑別人。坐下來吃蠶豆吧。」

我們並肩坐著吃蠶豆。唉，難道信任也有罪？那個男人，年約三十，身材矮小，是個不學無術的商人，常來找我畫一些漫畫，擺出一副施恩的跩樣，卻只給一點錢就走人。

出了這種事，那個商人後來也沒來了。但不知為何，比起痛恨那個商人，我更氣堀木。堀木撞見這件事時，沒在第一時間用力咳嗽，只是直接折回屋頂通知我，這令我更憤恨惱怒，氣得我輾轉失眠，起身長吁短嘆。

這沒有什麼好原不原諒的。因為良子是信任的天才，她不懂得懷疑別人。但也因此才遭逢這種悲慘的事。

我要問神，難道信任也是一種罪？

比起良子的身體遭到玷汙，我更在意良子對人的信任遭到玷汙，這才是我日後很長一段時間，幾乎活不下去的苦惱根源。我是個噁心下流、畏畏縮縮、只會看別人臉色行事、相信別人的能力早已龜裂瓦解的人，對我這種人而言，良子那純潔無瑕的信任心，清澈得有如青葉瀑布。不料一夜間，清澈瀑布化為黃濁汙水。看吧，從那夜起，良子連我的一顰一笑都在意了起來。

「喂！」

我只要這麼一叫，她就嚇得像失魂似的，眼睛不曉得該往哪裡放。任憑我怎麼耍寶逗她笑，說笑話給她聽，她都戰戰兢兢、戒慎恐懼，甚至亂用敬語跟我說話。

難道，純潔無瑕的信任心，是罪的泉源嗎？

我找了很多人妻遭性侵的小說來看，但那些遭性侵的方式，沒有一個比得上良子悲慘。畢竟良子的遭遇根本無法寫成小說。倘若那個身材矮小的商人與良子之間，有一絲絲類似戀愛的情愫，說不定我反而會好過些。但良子只不過在那個夏夜，基於對人的信任，就只是這樣。而我的眉間卻因此遭人砍了一刀，聲音嘶啞，頭髮開始少年白，良子也終其一生不得不過得畏畏縮縮。一般小說，大多把重點放在丈夫是否會原諒妻子的「行為」，但對我而言，這不是什麼痛苦的大問題。我甚至認為，懂得保留原不原諒的權利，這種丈夫才是幸福的。要是真的無法原諒，也沒必要把事情鬧大，乾脆和妻子離婚再娶一個新妻子就好了。如果做不到，只好忍下這口氣「原諒」妻子。總之，只要丈夫有心就能收拾得圓滿妥當。換句話說，我認為這種事確實會給丈夫帶來極大打擊，但那也只是一場「打擊」，並非永無止盡打向岸邊的波濤。有權生氣的丈夫，大可憑著自己的怒火處理這個問題。但我們的情況就不同了，我身為丈夫沒有任何權利生氣，因為我越想越覺得都是自己不好，連句怨言也不敢說，更遑論生氣。而我的妻子也談不上做錯事，她是因為擁有與生俱來的罕見美德而遭到侵犯。而且這項美德，是我這個當丈夫的一直憧憬的純潔無瑕信任心，我只感到無比憐惜。

純潔無瑕的信任心，也是一種罪嗎？

連我唯一指望的美德，如今也開始疑惑，我真的不知道如何是好，只能沉浸在酒精裡。我的表情變得極度猥瑣，一早就喝起燒酎，以致牙齒紛紛脫落，畫的漫畫也幾乎都近似春宮畫。不，坦白說，這時我已經在偷賣自己臨摹的春宮畫，因為我需要錢買燒酎。看到良子總是畏畏縮縮避開我的視線，我知道她是個毫無戒心的女人，但因此也開始懷疑，她和那個商人可能不止上過一次床吧？會不會和堀木也有一腿？搞不好還有我不認識的人？我疑思重重，卻沒勇氣豁出去當面問她，只能任由不安與恐懼在腦海千迴百轉折磨我，浮沉在燒酎裡。縱使趁酒醉壯膽，戰戰兢兢又低聲下氣地試著套話，內心也愚蠢的一喜一憂，表面上卻一味搞笑，然後對良子施以地獄般的可恨愛撫，才如爛泥般沉沉睡去。

那年的歲末，我深夜爛醉如泥回到家，想喝砂糖水，但良子好像睡著了，於是我自己去廚房找出砂糖罐，不料打開罐子一看，裡面沒有半顆砂糖，只見一個黑色細長的小紙盒。我隨手拿了出來，看到小紙盒上貼的標籤，頓時怔住了。這張標籤被人以指甲摳掉一大半，但還留下幾個清楚的英文字：DIAL。

DIAL，這是安眠藥。失眠有如我的宿疾，因此我對安眠藥很熟，但那段時期我靠燒酎助眠，並沒有吃安眠藥。若吃下這一整盒 DIAL，應該超過致死量。這盒藥還沒開封，但良子一定有這個打算，才摳掉標籤藏在這裡。真可憐，她看不懂標籤上的英文，以為用指甲摳掉一半就沒問題了吧。（妳沒有罪。）

我小心翼翼不發出聲響，為自己倒滿一杯水，然後緩緩拆開盒子，一口氣將安眠藥全部送進口中，沉著地喝光那杯水，熄燈就寢。

聽說我像死了一樣，睡了三天三夜。醫生認為可能是誤服過量，所以遲遲沒有報警。聽說我乍醒未醒朦朧之際，第一句呢喃的囈語是「我要回家」。這個「家」究竟是哪一個家，我這個當事人也不太清楚。總之，聽說我說完這句話，哭得很慘。

迷霧逐漸散去後，我定睛一看，比目魚擺著一張臭臉坐在床邊。

「上次出事也是在年底啊。這種時候大家都忙得暈頭轉向，他卻專挑年底幹這種蠢事，我這條老命都快賠給他了。」

聽比目魚說話的是，京橋小酒吧的老闆娘。

「老闆娘。」我喚了一聲。

「嗯？怎麼？你醒啦？」

老闆娘將她的笑臉，湊在我的臉上說。

我潸然落淚，說出自己都意想不到的話。

「讓我和良子分手吧。」

老闆娘起身，幽幽地嘆了一口氣。

接著我又失言了。這也是出乎意料，委實不知該用滑稽或愚蠢來形容的失言。

「我要去沒有女人的地方。」

哇哈哈哈！首先放聲大笑的是比目魚，接著老闆娘也竊竊失笑，連我自己邊流淚也不禁面紅耳赤地苦笑。

「嗯，這樣比較好。」比目魚笑得沒完沒了也邊笑邊說，「去沒有女人的地方比較好。有女人就會出事。去沒有女人的地方，是個好主意。」

沒有女人的地方。但我這傻里傻氣的囈語，日後竟非常悲慘地實現了。

良子似乎認定我替她吃了毒藥，因此面對我的態度比以往更顯畏縮，無論我說什麼她都不笑，而且幾乎不跟我說話。所以我在家也待得很悶，忍不住往外跑，又去猛喝廉價劣酒。然而，從安眠藥事件以來，我的身體急遽削瘦，手腳疲軟無力，也怠於做漫畫工作。那時比目魚來探望我，留下一筆錢（比目魚說這是他的一點心意，說得好像是他自己拿出來的錢，但其實這也是老家哥哥們寄來的錢。我已不是當時逃出比目魚家的我，我現在多少可以看穿比目魚裝模作樣的演技，所以我也狡猾地陪他演，裝出完全沒發覺的樣子，乖乖地感謝他給我這筆錢。可是比目魚他們，為何要把事情搞得如此迂迴複雜？我似懂非懂，依然覺得詭異）。心一橫，我索性拿著這筆錢獨自去南伊豆泡溫泉。無奈我的個性無法悠哉地享受溫泉之旅，想到良子便滿心惆悵，實在無法氣定神閒在旅館房間眺望山景。我沒換上旅館的棉袍，也沒去泡溫泉，只要外出就跑去有點髒的茶店喝燒酎，那真是沒命地喝，只是把身體弄得更糟回東京。

那一夜，東京大雪紛飛。我醉醺醺走在銀座巷弄，低聲哼唱「此地離鄉幾百里，此地離鄉幾百里」，一遍又一遍反覆地唱，邊走邊以鞋尖踢積雪，忽然，我吐了。這是我第一次吐血，在雪地上形成一面很大的太陽旗。我蹲了片刻，然後雙手捧起沒被弄髒的白雪，邊洗臉邊哭。

這是哪裡的小路啊？

這是哪裡的小路啊？

哀傷的女童歌聲恍如幻聽，從遠方幽幽地傳來。不幸。這世上有各種不幸的人，不，說這世上都是不幸的人也不為過吧。但這些人的不幸，都能堂堂地向世間抗議，而世間也很容易理解並同情這些人的抗議。偏偏我的不幸，都是罪有應得，無從向人抗議。若我膽敢說一句抗議意味的話，儘管說得結結巴巴，不僅比目魚，想必世間所有人都會目瞪口呆地認為「你怎麼有臉說這種話」。我究竟是世俗所謂的「任性」，抑或相反的「過於懦弱」，我自己都搞不清楚。總之，我是罪惡的聚合體，只會兀自不幸下去，沒有具體對策可以防止。

我站起身來，心想得找個藥來吃，走進附近的藥房。當我和藥房老闆娘四目相交，她霎時像被閃光燈照到，抬頭睜大雙眼，僵在原地。但她眼中沒有驚愕之色，也無嫌惡之色，反倒流露出彷如求救，又似愛慕的神色。啊，她一定也是不幸的人。不幸的人，對別人的不幸很敏感。當我如此暗忖，赫然發現那個老闆娘拄著拐杖，站得搖搖欲墜。我壓抑奔上前去的衝動，繼續與她對望凝視之際，眼淚滾了下來。緊接著，她的大眼睛也淚眼婆娑。

就只是這樣。我不發一語走出藥房，踉踉蹌蹌回到公寓，要良子為我調杯鹽水，喝完便默默就寢。隔天也謊稱感冒睡了一整天，到了晚上，我再也忍不住暗自咳血的不安，起身前往那間藥房。這次我笑咪咪的，誠實不諱向老闆娘陳述自己至今的身體狀況，問她該如何是好。

「你得戒酒才行。」

我們聊得像家人一樣。

「我可能酒精中毒了，現在也很想喝。」

「不可以喝。我先生得了肺結核，說什麼喝酒可以殺菌，整天喝個不停，結果自己縮短了性命。」

「可是我不安得要命，害怕得要命。」

「我拿藥給你吃。但千萬別再喝酒了。」

老闆娘（她是寡婦，有個兒子就讀千葉還是哪裡的醫學院，不久也罹患和父親相同的病，目前休學住院中。家中還躺著中風的公公。老闆娘自己則是五歲罹患小兒麻痺，有一隻腳完全無法行走）叩叩叩地拄著拐杖，為我打開那邊的櫃子，拉開這邊抽屜，拿了許多藥品來。

這是造血劑。

這是維他命注射劑，針筒在這裡。

這是鈣片。這是胃腸保健的消化酵素。

老闆娘接著還說這是什麼，那是什麼，就這樣滿懷關愛為我說明了六種藥品。然而這位不幸老闆娘的關愛，對我也是過於沉重。最後她還叮嚀我：「當你無論如何就是想喝酒，想喝得要命的時候，就用這個藥。」隨即遞給我一個用紙包起來的小盒子。

這是嗎啡注射液。

老闆娘還說，嗎啡的危害不像酒那麼大。我相信她的話，此外我正好也覺得酒後的醉態實在很噁心，再加上終於得以擺脫酒精這個撒旦的掌控，我毫不遲疑地欣然接受，拿起嗎啡針劑往自己的手臂打。這一打，所有的不安、焦躁、靦腆，立即一掃而空，我變成開朗快活的雄辯家。而且打了嗎啡後，我也能忘卻身體的衰弱，全心投入漫畫工作，畫著畫著還會想出妙趣橫生的情節，連我自己都不禁噴笑。

我原本只打算一天打一針，後來變成兩針，到了四針時，我不打嗎啡已經無法工作了。

「這樣不行喔，萬一上癮就糟糕了。」

經藥房老闆娘如此一說，我懷疑我可能已經重度嗎啡上癮（我生性很容易受人暗示。要是有人跟我說：「這筆錢絕對不能動，不過以你的個性八成會花掉。」我就會產生一種詭異的錯覺，好像不把這筆錢花掉就對不起人家，辜負人家的期待，一定會立刻花掉這筆錢）。害怕染上毒癮的不安，反而加深我對嗎啡的索求無度。

「拜託啦！再給我一盒，我月底一定會付錢。」

「錢什麼時候付都沒關係，只是警察查得很緊啊。」

唉，我周遭總是瀰漫著一種汙濁陰暗，見不了光的詭異氣息。

「警察那邊，請幫忙敷衍過去。拜託妳啦，老闆娘，我吻妳一下。」

老闆娘霎時飛紅了臉。

我趁勝追擊。

「沒有嗎啡，我根本無法工作。那像我的壯陽藥。」

「那你乾脆打荷爾蒙好了。」

「妳別尋我開心。要嘛喝酒，要不就打嗎啡，否則我沒辦法工作。」

「酒，萬萬喝不得。」

「對吧？自從我開始打嗎啡就滴酒不沾了。多虧了它，身體狀況也變得很好。我也不想一直畫那種低級無聊的漫畫，今後我會戒酒，調養身體，努力學習，一定會成為偉大的畫家給妳看。所以說，求求妳給我藥吧。不然要我吻妳嗎？」

老闆娘噗嗤一笑。

「真拿你沒辦法。你要是上癮了我可不管喔。」

然後她叩叩叩拄著拐杖，從架上取出嗎啡。

「我不能給你一整盒，因為你馬上就會用光。我只能給你一半。」

「真小氣。好吧，這也沒辦法。」

回家後，我立即打了一針。

「不會痛嗎？」良子戰戰兢兢地問。

「當然會痛啊。可是為了提高工作效率，再怎麼痛也得打這種針。妳不覺得我最近很有精神嗎？好了，我要工作了。工作！工作！」我興高采烈地說。

我也曾深夜去敲藥房的門。老闆娘穿著睡衣，拄著拐杖叩叩叩出來應門。我一看到她就抱緊她，一陣狂吻，然後假裝哭泣。

老闆娘默默不語，遞了一盒給我。

這種藥和燒酎一樣，不，這種藥比燒酎更可怕更骯髒。當我明白這一點時，我已徹底染上毒癮了。為了得到這個藥，我又開始臨摹春宮畫，甚至和那位行動不便的藥房老闆娘，發生名副其實的醜陋關係。真是無恥至極。

我很想死，很想乾脆一死了之。一切都已無法挽回。無論做什麼事，不管怎麼做，到頭來都是一敗塗地，只是恥上加恥。我不該奢望騎單車去青葉瀑布，那只是在齷齪的罪上添加卑鄙下流的罪，讓苦惱變得更巨大更強烈而已。我好想死，非死不可。活著是罪惡的種子。儘管我如此想不開，卻也只是近乎瘋狂地往返於住家和藥房之間。

不管做再多工作，用藥量也只是隨之增加，因此積欠的藥錢也相當可怕。老闆娘看到我就淚眼盈眶，我也潸然淚下。

地獄。

為了擺脫這個地獄，我使出最後的手段。如果這招也失敗了，我只剩上吊一途。我下定決心，幾乎是賭上神的存在，寫了一封長信給故鄉的父親，坦白訴說自己的實情（但女人的事，我實在不敢寫）。

不料結果變得更糟。我等了又等，始終等不到回音，焦躁與不安反而使藥量大增。

這天，我暗自痛下決心，打算今晚要一口氣打下十針去跳大河。不料就在下午，比目魚像惡魔的直覺嗅出我的念頭，突然帶著堀木來找我。

「聽說你咳血了是嗎？」

堀木盤腿坐在我前面說，並露出前所未見的溫柔微笑。那溫柔的微笑像一股暖流，令我感激又欣喜，不由得別過臉去垂淚。然而這個溫柔的微笑，也徹底擊垮了我，葬送了我。

他們把我送上汽車。比目魚語重心長地勸我（那語氣沉靜到我想以充滿慈悲來形容）：「總之你得先去住院，其他的事交給我們處理。」我像個毫無意志也無判斷力的人，只是抽抽搭搭地哭著，唯唯諾諾聽從他們兩人的話。良子也上了車，我們四人就這樣坐著汽車，搖搖晃晃了好一段時間，到了天色微暗時，抵達森林裡一間大醫院的玄關。

我原以為這是療養院。

一位年輕醫師極其和藹又鄭重地為我診察，然後帶著靦腆的微笑說：

「嗯，在這裡靜養一陣子吧。」

比目魚和堀木和良子，把我一個人留在這裡便走了。臨走前，良子交給我一包裝著換洗衣物的包袱，然後默默從和服腰帶取出針筒和剩下的針劑。她可能一直認為這是壯陽藥吧。

「不，我不要了。」

這是相當難得的事，我竟拒絕別人的建議，說是有生以來唯一一次也不為過。我的不幸，是缺乏拒絕能力的不幸。我一直很害怕，若拒絕別人的建議，會在對方與自己心裡，造成永難修復的明顯裂痕。但此時，我竟如此自然拒絕了曾經瘋狂渴求的嗎啡。可能是被良子那「如神般的無知」打醒了吧？在那瞬間，我會不會已經擺脫毒癮了？

不過，之後我隨即被那位靦腆微笑的年輕醫生帶去某棟病房大樓。進了大樓後，大門喀嚓一聲上鎖了。這裡是精神病院。

「我要去沒有女人的地方。」之前我吞下安眠藥醒來時的愚蠢囈語，竟然奇妙地實現了。這棟病房住的都是男瘋子，看護人員也是男的，沒有一個女人。

現在我不僅是罪人，還是個瘋子。不，我絕對沒有瘋。即使是一剎那，我都沒有瘋過。可是，啊，聽說瘋子通常會說自己沒有瘋。總之，被關進這間醫院的是瘋子，沒被關進來的是正常人。

我要問神，難道不抵抗也是一種罪？

看到堀木那不可思議的美麗微笑，我潸然落淚，忘了做判斷也不抵抗就坐上汽車，然後被帶來這裡，變成一個瘋子。縱使我現在立刻離開這裡，額頭上還是會被烙下瘋子的印記，不，可能是廢人的印記吧。

我失去做人的資格。

我已經完全稱不上是人了。

我剛到這裡是初夏時節，從鐵窗望出去，可以看到醫院庭園的小池塘綻放著紅色睡蓮。三個月後，庭園的波斯菊開花了，不料這時故鄉的大哥帶著比目魚來接我出去。大哥以一貫正經八百又略顯緊張的口吻說：「父親已於上個月底胃潰瘍過世，我們不再追究你的過去，你也不用擔心生計問題，什麼都不用做。可是有個條件，儘管你對東京還有種種留戀，也要立刻離開東京，回去鄉下過療養生活。至於你在東京闖的禍，澀田大致都已收拾妥當，你不用掛心。」

彷彿看到故鄉山河出現在眼前，我輕輕點頭應允。

我果真成了廢人。

得知父親的死訊後，我變得越來越窩囊。父親，已經不在了。那個片刻不曾離開我心中，懷念又畏懼的人，已經不在了。我覺得自己盛裝苦惱的罈子頓時空了。我甚至認為，我那苦惱的罈子格外沉重，可能是父親的緣故。如今像失去了較勁對象，我連苦惱的能力也失去了。

大哥確實履行了對我的承諾。從我生長的城鎮搭火車南下約四五個小時，有一處東北地區罕見的溫暖海邊溫泉村。大哥在這個村郊買了一棟五房的老舊茅屋給我，屋況極差，牆面剝落，柱子滿遭蟲蛀，幾乎無法修理，並附帶雇了一位年近六十滿頭紅髮的醜女傭給我。

我就這樣在這裡住了三年多。期間，那個名叫阿鐵的老女傭屢次以奇怪的方式侵犯我，時而我們也會像夫妻般吵起架來。我的肺病時好時壞，身形時胖時瘦，偶爾也會咳血痰。昨天，我叫阿鐵去村裡的藥房買安眠藥「卡莫汀」，結果她買回來的卡莫汀包裝盒和以往不同，但我也沒有多想，直到睡前吞了十顆還是睡不著，正覺納悶之際肚子痛了起來，急忙衝去廁所狂瀉不已，之後又連跑了三次廁所。實在太詭異了，我這才拿起藥盒仔細一看，發現這是瀉藥「瀉莫錠」。

我躺在床上，將熱水袋放在肚子上，心想我得好好唸一下阿鐵才行。

「妳自己看看，這不是卡莫汀，是瀉莫錠……」

說到一半，我呵呵呵笑了起來。看來，「廢人」，像個喜劇名詞。想睡覺卻吃了瀉藥，而且這瀉藥還叫瀉莫錠。

現在的我，沒有幸福也沒有不幸。

只是，一切都會過去。

至今，在我一路痛苦煎熬活過來如地獄般的「人類」世界裡，這可能是唯一的真理。

只是，一切都會過去。

今年，我二十七歲，但白髮驟生相當明顯，人們大多以為我年過四十。

後記

我不認識寫這份手記的瘋子。不過，手記裡提到的京橋小酒吧老闆娘，我倒是見過幾次面。她身材嬌小，氣色不佳，眼睛細長上挑，鼻子高挺，與其說是美女，不如說像美男子，給人一種嚴肅的感覺。手記裡主要描寫的風景，看似是昭和五、六、七年的東京。朋友曾帶我去這間京橋小酒吧兩三次，喝威士忌蘇打，那是在日本「軍部」開始囂張起來的昭和十年左右，所以沒能碰到寫這份手記的男人。

今年二月，我去拜訪一位疏散到千葉縣船橋市的朋友。這位朋友是我大學時期的同學，目前在某女子大學擔任講師。我先前曾拜託這位朋友幫我親戚作媒，這次就是為了此事而來，順便也想買些新鮮的海鮮給家人，所以揹著背包前往船橋市。

船橋市是面臨泥海的大城市。朋友搬來不久，即使我拿著地址問當地人，也沒人認識他。天氣寒冷，加上揹著背包的肩膀又痠又痛，在小提琴唱片樂聲的吸引下，我推門進入一間咖啡店。

這間咖啡店的老闆娘有些眼熟，一問之下，果然是十年前那間京橋小酒吧的老闆娘。老闆娘似乎也立即想起了我，我們誇張地又驚又笑。當時這種場面，通常先會談起彼此的空襲避難經驗，但我們跳過這一段，直接自豪地聊了起來。

「話說，妳倒是一點都沒變啊。」

「哪裡，我已經是老太婆了，一身老骨頭都快散了。你才是一點都沒變，真年輕吶。」

「我一點都不年輕了，小孩都三個了。這次來也是為他們買點東西。」

我們像久違的朋友聊著慣常的寒暄，然後互相詢問共同朋友的消息。聊著聊著，老闆娘忽然話鋒一轉，問我認不認識小葉，我說不認識，老闆娘就去裡面拿來三本筆記本，以及三張照片，交給我。

「這說不定可以當成寫小說的材料。」老闆娘說。

我生性無法拿別人硬塞的材料來寫小說，原想當場還她，但那些照片勾起我的好奇心（關於那三張詭異的照片，我在前言提過了），就暫且收下筆記本，想說回程再拿來還給她。我也順便問了老闆娘，認不認識住在某町某號的人家，一位在女子大學教書的老師。老闆娘也是新搬來的，我一問她就知道了，還說這位朋友有時也會來咖啡店，就住在這附近。

這晚，我和朋友喝了點小酒，並在他家過夜，但我直到天亮都沒闔眼，埋頭讀完了這三本筆記本。

那手記裡寫的是以前的事，但現代人看了想必也會覺得頗有意思。我若擅自改寫可能會改壞了，不如原封不動，直接找間雜誌發表更有意義。

我給孩子們買的伴手禮海產，只有乾貨。揹著背包向朋友告辭後，我又來這間咖啡店。

「昨天真的很謝謝妳。話說……」我直接開門見山地說，「這些筆記本，能不能借我一陣子？」

「好啊，沒問題。」

「請問，這個人還活著嗎？」

「這個嘛，其實我也不知道。大約十年前，一個包裹寄來我京橋的店，裡面裝著這些筆記本和照片，寄件人一定是小葉，可是包裹上卻沒寫小葉的住址，連名字也沒寫。我躲空襲的時候，不經意把它混在其他東西裡一起帶出來，就這樣神奇地保住了它，直到前些時候，我才全部看完……」

「妳哭了？」

「沒有，哭倒是沒哭……只是覺得，不行啊，人活到這個地步就沒救了。」

「後來過了十年，說不定他已經過世了。這可能是寄來答謝妳的。雖然有些地方寫得有點誇張，不過妳好像也受到相當的牽累。要是裡面寫的全部屬實，而這是我的朋友的話，我可能也會把他送去精神病院。」

「這都怪他父親不好啦。」

老闆娘說得泰然自若，接著又說：

「我們認識的小葉，非常真誠，窩心體貼，只要不喝酒，不，就算喝了酒……也是個像神一樣的好孩子。」

戀愛合格

愛することは、いのちがけだよ。

關於女人

貓和女人很像，你若靜靜地待著，她會喚你的名字；你若靠過去，她就逃了。

——〈美少女〉

猫と女は、だまって居れば名を呼ぶし、近寄って行けば逃げ去る。

『美少女』

女人一談戀愛，就完了。除了冷眼旁觀別無他法。

——〈女人的決鬥〉

女は、恋をすれば、それっきりです。ただ、見ているより他はありません。

『女の決闘』

女人活著是想被男人愛撫，想被男人讚美。

——〈女人的決鬥〉

女性は男に愛撫されたくて生きている。称讃されたくて生きている。

『女の決闘』

女人被敷衍對待時，其實都了然於心。儘管知道也裝作不知道，裝得像小孩似的，或者像雌獸。因為這樣比較有利。

——〈火鳥〉

いい加減にあしらわれていることだって、なんだって、みんな知っている。知っていて、知らないふりして、子供みたいに、雌のけものみたいに、よそっているのよ。だって、そのほうが、とくだもの。

『火の鳥』

整體來說，在享受快樂這件事上，女人似乎比男人更懂得大快朵頤。

——〈人間失格〉

いったいに、女は、男よりも快楽をよけいに頬張る事が出来るようです。

『人間失格』

碰到金錢與女人，理論便羞赧地匆忙離去。

——〈斜陽〉

金と女。論理は、はにかみ、そそくさと歩み去る。

『斜陽』

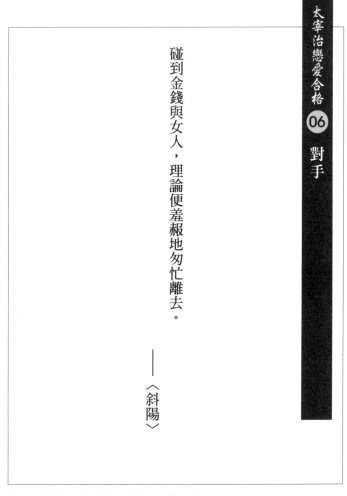

女人心思

可愛的草與不可愛的草，外型上毫無分別，可是，為什麼就是涇渭分明地分成了楚楚可憐的草和可恨的草呢？其中毫無道理可言。女人的好惡，大概就是這麼不可理喻。

——〈女生徒〉

可愛い草と、そうでない草と、形は、ちっとも違っていないのに、それでも、いじらしい草と、にくにくしい草と、どうしてこう、ちゃんとわかれているのだろう。理窟はないんだ。女の好ききらいなんて、ずいぶんいい加減なものだと思う。

『女生徒』

俗話說人要衣裝佛要金裝，尤其女人，換件衣服就能莫名奇妙大變身。或許，女人本來就是妖怪。

——〈Good Bye〉

馬子にも衣裳というが、ことに女は、その装い一つで、何が何やらわけのわからぬくらいに変る。元来、化け物なのかも知れない。

『グッド・バイ』

女人比男人更有俠義心腸，男人通常怯懦膽小，只顧粉飾面子，而且很小氣。

——〈人間失格〉

男よりも女のほうが、その、義侠心とでもいうべきものをたっぷりと持っていました。男はたいてい、おっかなびっくりで、おていさいばかり飾り、そうして、ケチでした。

『人間失格』

只是單純地愛她而已。這樣不就夠了嗎？所謂純粹的愛情就是如此。女人在心裡默默追求的，也是這種專一真誠的愛吧。

——〈小說燈籠〉

ただ、好きなのです。それで、いいではありませんか。純粋な愛情とは、そんなものです。女性が、心の底で、こっそり求めているものも、そのような、ひたむきな正直な好意以外のものでは無いと思います。

『ろまん燈籠』

每個女人的心中，都住著一隻毫無慈悲的兔子。

——〈喀嚓喀嚓山〉

女性にはすべて、この無慈悲な兎が一匹住んでいる。

『カチカチ山』

不懂得死心、依照本能行動的女人，往往會造成悲劇。

——〈小說燈籠〉

あきらめを知らぬ、本能的な女性は、つねに悲劇を起します。

『ろまん燈籠』

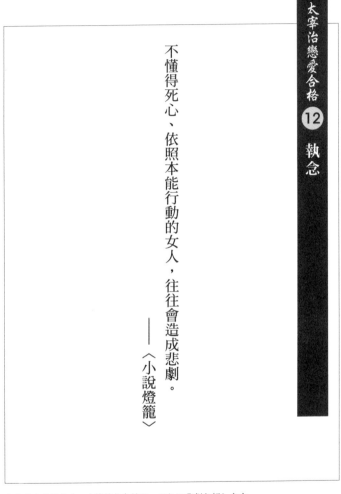

我寧可你沒把我放在心上，討厭我，憎恨我，我反而覺得痛快解脫。你把我放在心上，卻又和別的女人上床，等於是把我推入地獄。

——〈阿三〉

私は、あなたに、いっそ思われていないほうが、あなたにきらわれ、憎まれていたほうが、かえって気持がさっぱりしてたすかるのです。私の事をそれほど思って下さりながら、他のひとを抱きしめているあなたの姿が、私を地獄につき落してしまうのです。

『おさん』

同情不等於愛情

妳要知道，憐憫與愛情是兩碼子事。理解與愛情也是兩回事。

——〈火鳥〉

憐憫と愛情とは、ちがうものだ。理解と愛情とは、ちがうものだ。

『火の鳥』

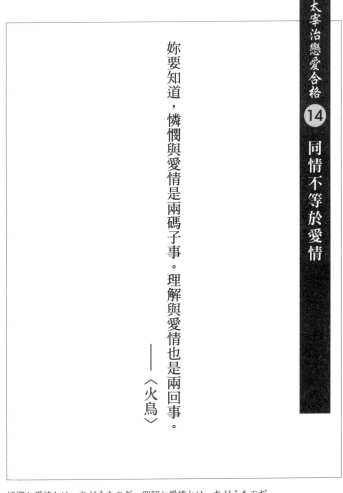

女人會主動勾引你，又狠狠甩掉你；有些女人在人前藐視你，對你刻薄狠心，卻又在人後緊緊擁抱你。

——〈人間失格〉

女は引き寄せて、つっ放す、或いはまた、女は、人のいるところでは自分をさげすみ、邪慳にし、誰もいなくなると、ひしと抱きしめる。

『人間失格』

會睡的女人美到老

女人睡覺簡直像睡死了一樣，不禁令人懷疑女人是否生來睡覺的。

——〈人間失格〉

女は死んだように深く眠る、女は眠るために生きているのではないかしら。

『人間失格』

我從幼時的經驗得知，當女人那樣忽然哭了起來，只要給她一點甜食吃，心情就會好轉。

——〈人間失格〉

ただ、自分は、女があんなに急に泣き出したりした場合、何か甘いものを手渡してやると、それを食べて機嫌を直すという事だけは、幼い時から、自分の経験に依って知っていました。

『人間失格』

總之，惹惱女人很可怕，一定要想辦法呼嚨過去。

——〈人間失格〉

とにかく、怒らせては、こわい、何とかして、ごまかさなければならぬ。

『人間失格』

女人就是這樣令人討厭，簡直像從別人家借來的貓，就會裝老實假正經。

——〈潘朵拉的盒子〉

女は、これだからいやだ。よそから借りて来た猫みたいだ。

『パンドラの匣』

關於男人

哪怕只是一朵蒲公英，也能毫不羞愧地送給對方，我相信這才是最有勇氣、最像男子漢的態度。

——〈葉櫻與魔笛〉

タンポポの花一輪の贈りものでも、決して恥じずに差し出すのが、最も勇気ある、男らしい態度であると信じます。

『葉桜と魔笛』

年輕時玩女人，不是去買女人，而是去展現自己的男人味。
所以你要知道，自戀才是最大的敵人。

——〈新哈姆雷特〉

若い時の女遊びは、女を買うのではなく、自分の男を見せびらかしに行くんだから、自惚れこそは最大の敵と思っていなさい。

『新ハムレット』

被女人迷上，因此而死，這不是悲劇，是喜劇。

——〈Good Bye〉

女に惚れられて、死ぬというのは、これは悲劇じゃない、喜劇だ。

『グッド・バイ』

啊，活下去，真是討厭的事。尤其男人，既心酸，又可悲。
總之，什麼都得戰鬥，而且，非贏不可。

——〈美男子與香菸〉

ああ、生きて行くという事は、いやな事だ。殊にも、男は、つらくて、哀しいものだ。とにかく、何でもたたかって、そうして、勝たなければならぬのですから。

『美男子と煙草』

既然是男生，就不能一心想討人疼愛。男生應該努力贏得別人「尊敬」。

——〈正義與微笑〉

男子は、人に可愛がられようと思ったりしては、いけない。男子は、人に「尊敬」されるように、努力すべきものである。

『正義と微笑』

厚臉皮，定定凝視這三個字，我覺得它變成精磨得發出黑光的鐵面具。堅硬有如鋼鐵，屬於男性的陽剛。說不定，厚臉皮是男人的美德。

——〈厚臉皮〉

鉄面皮。つくづくと此の三字を見つめていると、とてもこれは堂々たる磨きに磨いて黒光りを発している鉄仮面のように思われて来た。鋼鉄の感じである。男性的だ。ひょっとしたら、鉄面皮というのは、男の美徳なのかも知れない。

『鉄面皮』

什麼都比別人大一號的男人，修養也必須比別人大一倍。我自認已躲在人生的角落盡量低調了，但別人卻不以為然。

——〈漫談服裝〉

細工の大きい男は、それだけ、人一倍の修業が必要のようである。自分では、人生の片隅に、つつましく控えているつもりなのに、人は、なかなかそれを認めてくれない。

『服装に就いて』

男人是不是搞錯了，認為把妻子放在心上是一種道德。即便喜歡上別的女人，只要沒忘記自己的妻子，就是好事，就是有良心。

——〈阿三〉

男のひとは、妻をいつも思っている事が道徳的だと感ちがいしているのではないでしょうか。他にすきなひとが出来ても、おのれの妻を忘れないというのは、いい事だ、良心的だ。

『おさん』

好寂寞。女人再怎麼千言萬語訴說身世，都比不上這句低喃更能引起我的共鳴。

——〈人間失格〉

侘びしい。自分には、女の千万言の身の上噺よりも、その一言の呟きのほうに、共感をそそられるに違いない。

『人間失格』

新男人要想得開。新男人不會有戀戀不捨的感情。

——〈潘朵拉的盒子〉

新しい男は、思い切りがいいものだ。未練なんて感情は、新しい男には無いんだ。

『パンドラの匣』

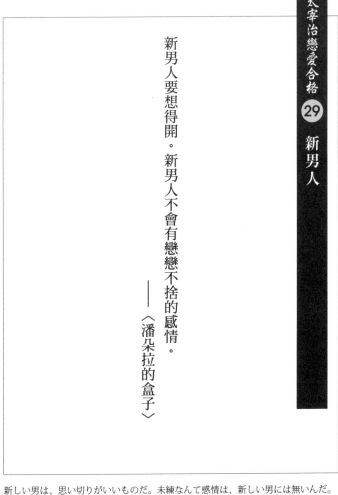

義究竟是什麼？所謂義，可能很像男人難以承受的悲哀弱點。

——〈父親〉

その義とは、義とは、ああやりきれない男性の、哀しい弱点に似ている。

『父』

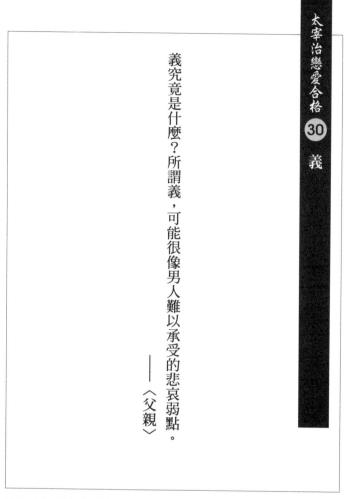

對女人而言，我是個能守住戀愛祕密的男人。

——〈人間失格〉

自分は、女性にとって、恋の秘密を守れる男であったというわけなのでした。

『人間失格』

少年們啊，你們要快快長大，但絕對不要在意自己的容貌，也不要抽菸，除了節慶之外也不要喝酒。還有，請永遠愛個性內向又有點漂亮的女孩。

——〈美男子與香菸〉

これからどんどん生長しても、少年たちよ、容貌には必ず無関心に、煙草を吸わず、お酒もおまつり以外には飲まず、そうして、内気でちょっとおしゃれな娘さんに気永に惚れなさい。

『美男子と煙草』

關於寂寞

我們寂寞又無力，其他什麼都不會，所以至今我仍深信，至少在語言上要誠實以對，這才是真正謙遜的美好生活方式。

——〈葉櫻與魔笛〉

僕たち、さびしく無力なのだから、他になんにもできないのだから、せめて言葉だけでも、誠実こめてお贈りするのが、まことの、謙譲の美しい生きかたである、と僕はいまでは信じています。

『葉桜と魔笛』

當今世人，渴求一句溫言軟語。尤其異性間的一句溫言軟語。

——〈創生紀〉

いまの世の人、やさしき一語に飢えて居る。ことにも異性のやさしき一語に。

『創生記』

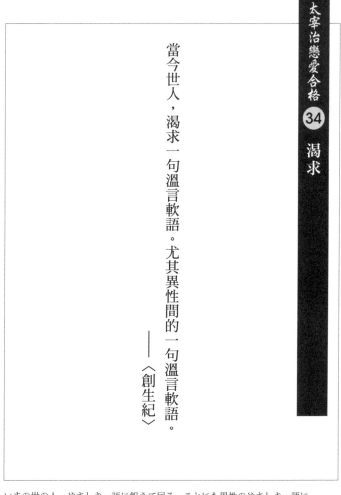

我深信，真實是家庭的敵人，謊言才是家庭的幸福之花。

——〈女人的決鬥〉

真実は、家庭の敵。嘘こそ家庭の幸福の花だ、と私は信じていた。

『女の決闘』

其他生物絕對沒有，唯獨人類才有的，那就是祕密。

——〈斜陽〉

他の生き物には絶対に無くて、人間にだけあるもの。それはね、ひめごと、というものよ。

『斜陽』

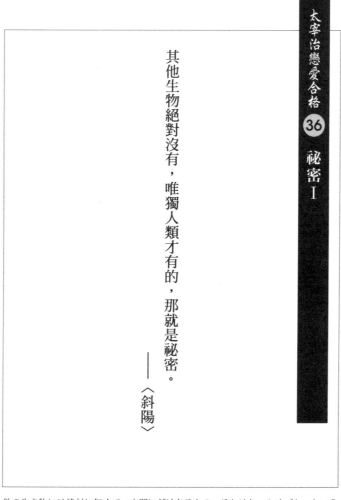

在這種世上，想活得完全沒有不可告人之事，是不可能的。

——〈維榮之妻〉

世の中で、我が身にうしろ暗いところが一つも無くて生きて行く事は、不可能だと思いました。

『ヴィヨンの妻』

38 絕對的孤獨

只是，一切都會過去。至今，在我一路痛苦煎熬活過來如地獄般的「人類」世界裡，這可能是唯一的真理。

——〈人間失格〉

ただ、一さいは過ぎて行きます。自分がいままで阿鼻叫喚で生きて来た所謂「人間」の世界に於いて、たった一つ、真理らしく思われたのは、それだけでした。

『人間失格』

人說謊的時候，必定會一臉正經。

——〈斜陽〉

人間は、嘘をつく時には、必ず、まじめな顔をしているものである。

『斜陽』

驟雨後，出現在晴空的彩虹不久就會消失，但人心中的彩虹，似乎不會消失。

——〈斜陽〉

夕立の晴れた空にかかる虹は、やがてはかなく消えてしまいますけど、ひとの胸にかかった虹は、消えないようでございます。

『斜陽』

我心中的火，是您點燃的，所以也請您來熄滅。憑我一個人的力量，實在無法滅掉。

——〈斜陽〉

私のこの胸の炎は、あなたが点火したのですから、あなたが消して行って下さい。私ひとりの力では、とても消す事が出来ないのです。

『斜陽』

明天，來的想必也是同一天吧。幸福，一生都不會來。這點我很清楚。但我還是抱著一定會來，明天就會來的信心睡覺比較好吧。

——〈女生徒〉

明日もまた、同じ日が来るのだろう。幸福は一生、来ないのだ。それは、わかっている。けれども、きっと来る、あすは来る、と信じて寝るのがいいのでしょう。

『女生徒』

茫然看花，我在想，人，其實也有優點。發現花的美麗，是人；愛花的也是人。

——〈女生徒〉

ぽかんと花を眺めながら、人間も、本当によいところがある、と思った。花の美しさを見つけたのは、人間だし、花を愛するのも人間だもの。

『女生徒』

青春，是友情的糾葛。想努力證明友情的純真，往往弄得彼此痛苦不堪，最後落入半瘋狂的純真遊戲。

——〈貓頭鷹通信〉

青春は、友情の葛藤であります。純粋性を友情に於いて実証しようと努め、互いに痛み、ついには半狂乱の純粋ごっこに落ちいる事もあります。

『みみづく通信』

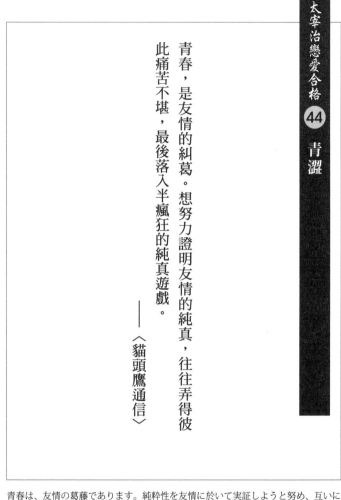

時光，才是人的救贖；遺忘，才是人的救贖。

——〈浦島先生〉

年月は、人間の救いである。忘却は、人間の救いである。

『浦島さん』

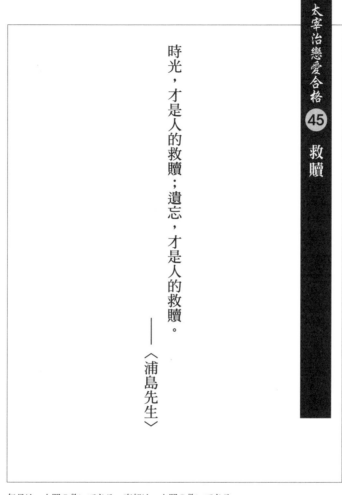

讓好奇心爆發出來的是冒險，但抑制好奇心也是一種冒險。
無論哪一種都很危險。因為，人有一種叫宿命的東西。
——〈浦島先生〉

好奇心を爆発させるのも冒険、また、好奇心を抑制するのも、やっぱり冒険、どちらも危険さ。人には、宿命というものがあるんだよ。

『浦島さん』

我不太喜歡聽別人的戀愛故事，因為戀愛故事裡，一定有所粉飾。

——〈香魚小姐〉

私は、ひとの恋愛談を聞く事は、あまり好きでない。恋愛談には、かならず、どこかに言い繕いがあるからである。

『令嬢アユ』

痛苦的時候，能坦然流露痛苦的表情，是很幸福的人。

——〈小相簿〉

くるしい時に、素直にくるしい表情の浮ぶ人は、さいわいです。

『小さいアルバム』

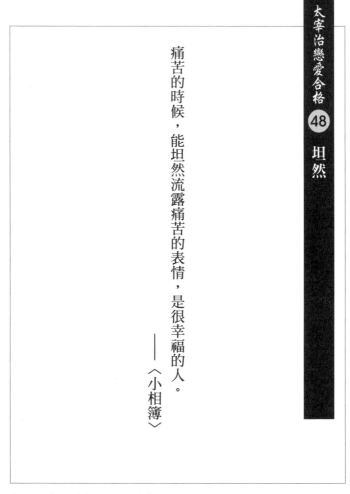

人生如此艱難。渾身上下都被鎖鏈銬著，稍稍一動便噴血如柱。

——〈櫻桃〉

生きるという事は、たいへんな事だ。あちこちから鎖がからまっていて、少しでも動くと、血が噴き出す。

『桜桃』

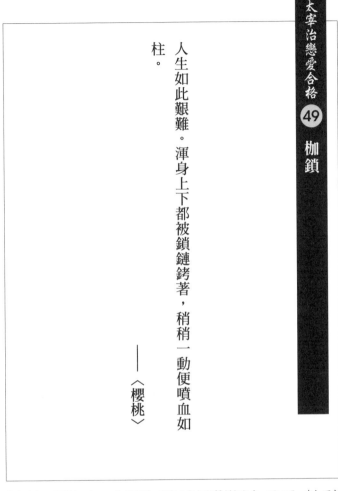

看在我眼裡，我只覺得每個人都善良軟弱，我無法責備別人的過錯。我覺得那都是情有可原。我沒看過真正的壞人。其實大家都差不多不是嗎？

——〈誰〉

僕には、人がみんな善い弱いものに見えるだけです。人のあやまちを非難する事が出来ないのです。無理もないというような気がするのです。しんから悪い人なんて僕は見た事がない。みんな、似たようなものじゃないんですか？

『誰』

同病相憐

不幸的人，對別人的不幸很敏感。

——〈人間失格〉

不幸な人は、ひとの不幸にも敏感なものなのだから。

『人間失格』

能為悲傷疲憊的心帶來希望的，唯有令人微醺的玉杯。

——〈人間失格〉

悲しみ疲れたるハートに希望を持ち来すは、ただ微醺をもたらす玉杯なれ。

『人間失格』

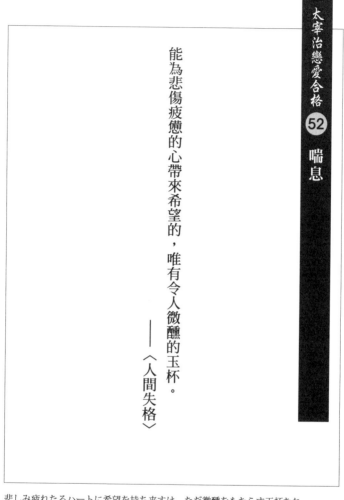

日子只能一天一天好好地過，別無他法。別煩惱明天的事。明天的煩惱明天再煩。我想開心、努力、溫柔待人地過完今天一天。

——〈新郎〉

一日一日を、たっぷりと生きて行くより他は無い。明日のことを思い煩うな。明日は明日みずから思い煩わん。きょう一日を、よろこび、努め、人には優しくして暮したい。

『新郎』

稍微有個一寸幸福，隨後必定尾隨著一尺災厄。一年三百六十五天，完全無憂無慮的日子只要有一天，不，半天就好，就算幸福的人了。

——〈維榮之妻〉

一寸の仕合せには一尺の魔物が必ずくっついてまいります。人間三百六十五日、何の心配も無い日が、一日、いや半日あったら、それは仕合せな人間です。

『ヴィヨンの妻』

55 悶酒

所謂悶酒，是無法主張自己的想法，焦躁懊惱時喝的酒。總是能斷然主張自我想法的人，不會喝悶酒。

——〈櫻桃〉

ヤケ酒というのは、自分の思っていることを主張できない、もどっかしさ、いまいましさで飲む酒の事である。いつでも、自分の思っていることをハッキリ主張できるひとは、ヤケ酒なんか飲まない。

『桜桃』

縱使知道我受人喜愛，但我似乎缺乏愛人的能力。

——〈人間失格〉

人に好かれる事は知っていても、人を愛する能力に於いては欠けているところがあるようでした。

『人間失格』

膽小鬼連幸福都害怕，碰到棉花都會受傷，有時也會被幸福所傷。

——〈人間失格〉

弱虫は、幸福をさえおそれるものです。綿で怪我をするんです。幸福に傷つけられる事もあるんです。

『人間失格』

我不相信神的愛，只相信神的懲罰。我認為信仰，只是為了接受神的鞭笞，低頭走向審判台。

——〈人間失格〉

神の愛は信ぜられず、神の罰だけを信じているのでした。信仰。それは、ただ神の笞を受けるために、うなだれて審判の台に向う事のような気がしているのでした。

『人間失格』

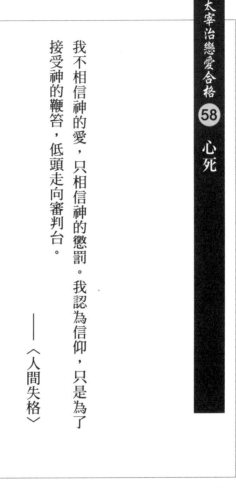

智慧的果實，教會了我明白憤怒，還有孤獨。

——〈正義與微笑〉

智慧の実は、怒りと、それから、孤独を教える。

『正義と微笑』

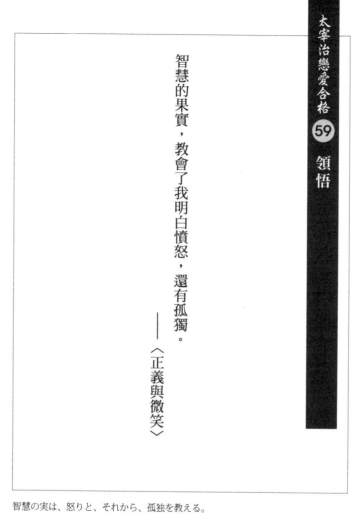

關於愛・戀

戀愛靠的不是機會，我認為是意志問題。

——〈機會〉

恋愛は、チャンスでないと思う。私はそれを、意志だと思う。

『チャンス』

異性之間不是戀愛的「愛」，又是何種感情呢？喜歡，憐惜，痴迷，掛念，思慕，焦急，迷惘，失常。咦？這不都是戀愛的感情嗎？

——〈機會〉

異性間に於いて恋愛でもなく「愛する」というのは、どんな感情だろう。すき。いとし。ほれる。おもう。したう。こがれる。まよう。へんになる。之等は皆、恋愛の感情ではないか。

『チャンス』

最高的單戀

通常，單戀才是戀愛的最佳姿態。

——〈機會〉

片恋というものこそ常に恋の最高の姿である。

『チャンス』

何謂戀愛

戀愛，是文化上重新粉飾的好色之念，亦即男女間基於性慾衝動產生的激情，具體而言，是渴望與一個或多個異性結為一體的特殊性煩悶。或許也可稱為色慾的熱身運動。

——〈機會〉

恋愛。好色の念を文化的に新しく言いつくろいしもの。すなわち、性慾衝動に基づく男女間の激情。具体的には、一個または数個の異性と一体になろうとあがく特殊なる性的煩悶。色慾の Warming-up とでも称すべきか。

『チャンス』

64 愛難開口

無論再怎麼相愛，若不說出我愛你，彼此便不明白這份愛。
這種事，在世間還真不少。

——〈新哈姆雷特〉

どんなに愛し合っていても、口に出してそれと言わなければ、その愛が互いにわからないでいる事だって、世の中には、ままあるのです。

『新ハムレット』

愛是語言。我們軟弱無能，所以至少要在語言上弄得好看些。
除此之外，我們還有什麼能討人歡心的嗎？

——〈創生記〉

愛は言葉だ。おれたち、弱く無能なのだから、言葉だけでもよくして見せよう。その他のこと、人をよろこばせてあげ得る何をおれたち持っているのか。

『創生記』

愛是語言。若沒有語言，這世間也會同時失去愛情。

——〈新哈姆雷特〉

愛は言葉だ。言葉が無くなれや、同時にこの世の中に、愛情も無くなるんだ。

『新ハムレット』

若想體會孤獨的滋味，去戀愛吧！

——〈新哈姆雷特〉

孤独を知りたかったら恋愛せよ。

『新ハムレット』

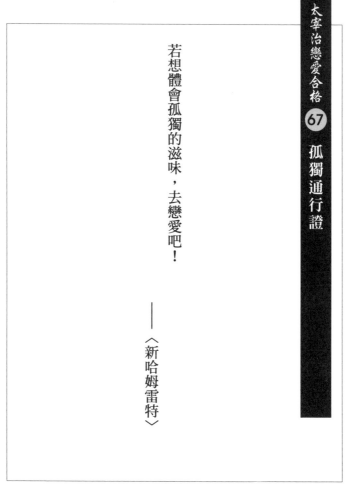

人是為了戀愛與革命而生。

——〈斜陽〉

人間は恋と革命のために生れて来たのだ。

『斜陽』

太宰治戀愛合格 69 奮不顧身

愛是捨生之事。

——〈雌性雜談〉

愛することは、いのちがけだよ。

『雌に就いて』

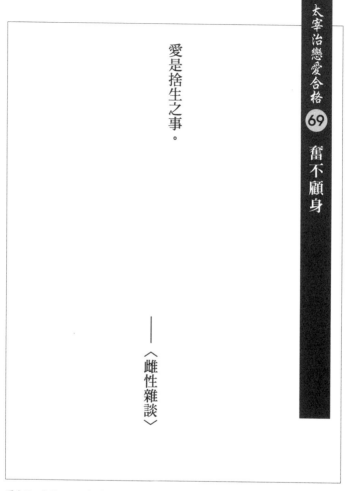

兩面一體

我不懂，為什麼「戀」是不好的，「愛」是好的，我總覺得兩者是一樣的。

——〈斜陽〉

なぜ、「恋」がわるくて、「愛」がいいのか、私にはわからない。同じもののような気がしてならない。

『斜陽』

愛是謎

談到愛，或許會以為是甜蜜的事，其實愛很複雜。

——〈一問一答〉

愛などと言うと、甘ったるいもののようにお考えかも知れませんが、むずかしいものですよ。

『一問一答』

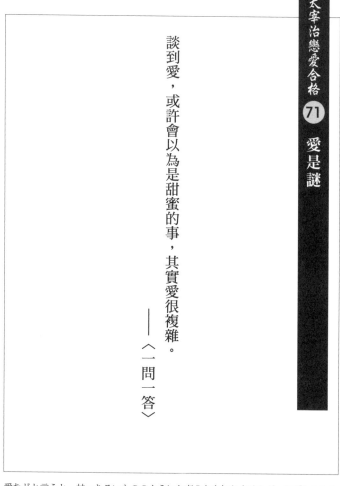

男人與女人，在名為咖啡的烘豆汁裡倒入大量砂糖，或在那個叫柳橙汁的黃水裡漂浮一片橘子皮，端起來咕嚕咕嚕地喝，然後輪流離席去小便，這種戀愛場景完全堪稱膚淺。

——〈花吹雪〉

男と女が、コオヒイと称する豆の煮出汁に砂糖をぶち込んだものやら、オレンジなんとかいう黄色い水に蜜柑の皮の切端を浮べた薄汚いものを、やたらにがぶがぶ飲んで、かわり番こに、お小用に立つなんて、そんな恋愛の場面はすべて浅墓というべきです。

『花吹雪』

純潔的醍醐味

男女之間，只靠著信賴與親愛交往，只有我們才懂。這是所謂的新男人，才得以品嘗的天賜美果。

——〈潘朵拉的盒子〉

男女の間の、信頼と親愛だけの交友は、僕たちにでなければわからない。所謂あたらしい男だけが味い得るところの天与の美果である。

『パンドラの匣』

我只是突然喜歡上你。因為喜歡你，才說你的壞話，想要捉弄你。

——〈浦島先生〉

ただ、ふっと好きなんだ。好きだから、あなたの悪口を言って、あなたをからかってみたくなるんだ。

『浦島さん』

我最近真的認為，要把一天的義務，當作一輩子的義務，嚴肅地努力實踐，不可以敷衍了事。對於喜歡的人，也要儘早不加粉飾地告訴對方。

——〈新郎〉

本当にもう、このごろは、一日の義務は、そのまま生涯の義務だと思って厳粛に努めなければならぬ。ごまかしては、いけないのだ。好きな人には、一刻も早くいつわらぬ思いを飾らず打ちあけて置くがよい。

『新郎』

愛的證明

不管是多麼真心的愛情，真到願意掏心掏肺出來給人看，但若只是默默地放在心裡，這只是傲慢，是狂妄，是自我陶醉。

——〈火鳥〉

胸を割ってみせたいくらい、まっとうな愛情持っていたって、ただ、それだけで、だまっていたんじゃ、それは傲慢だ、いい気なもんだ、ひとりよがりだ。

『火の鳥』

77 真正的開始

真正的故事，總是始於戀愛舞會結束後。

——〈小說燈籠〉

恋愛の舞踏の終ったところから、つねに、真の物語がはじまります。

『ろまん燈籠』

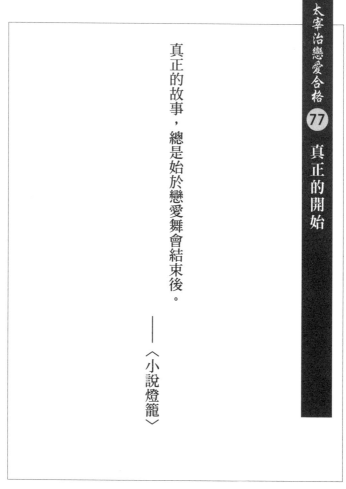

若不互相尊敬，真正的婚姻無法成立。

——〈小說燈籠〉

相互の尊敬なくして、真の結婚は成立しない。

『ろまん燈籠』

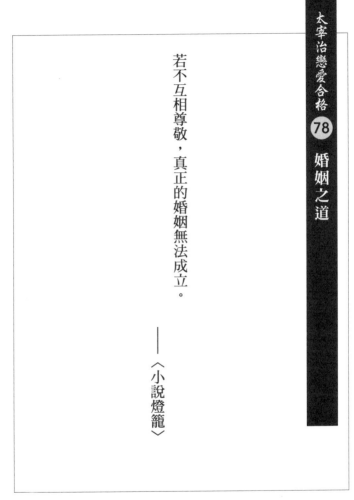

丈夫與妻子，在一生當中，必須重新結婚好幾次。為了發現彼此真正的價值，必須一次次戰勝危機，不能輕言分離，要重新結婚繼續前進。

——〈小說燈籠〉

夫と妻は、その生涯に於いて、幾度も結婚をし直さなければならぬ。お互いが、相手の真価を発見して行くためにも、次々の危機に打ち勝って、別離せずに結婚をし直し、進まなければならぬ。

『ろまん燈籠』

至高的愛

若能忍住自己的裝傻與虛無，向對方獻上問候，這裡面一定有愛情在。愛是最高的服務，絲毫不能用來當自我滿足。

——〈火鳥〉

自身のしらじらしさや虚無を堪えて、やさしい挨拶送るところに、あやまりない愛情が在る。愛は、最高の奉仕だ。みじんも、自分の満足を思っては、いけない。

『火の鳥』

看來男人越討厭的男人，女人反而越喜歡。

——〈潘朵拉的盒子〉

どうも、男から見ていやなやつほど、女に好かれるようだ。

『パンドラの匣』

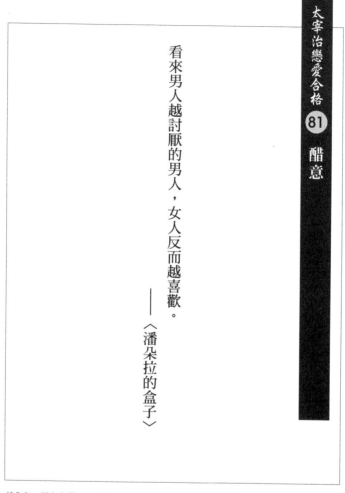

我認為，有求於人的時候，要先逗笑對方才是上策。

——〈人間失格〉

人にものを頼むのに、まず、その人を笑わせるのが上策と考えていたのです。

『人間失格』

難道愛妳也有錯嗎？自古以來，世界各國文學悲劇的主題，說是盡在此句也不為過。

——〈喀嚓喀嚓山〉

惚れたが悪いか。古来、世界中の文芸の哀話の主題は、一にここにかかっていると言っても過言ではあるまい。

『カチカチ山』

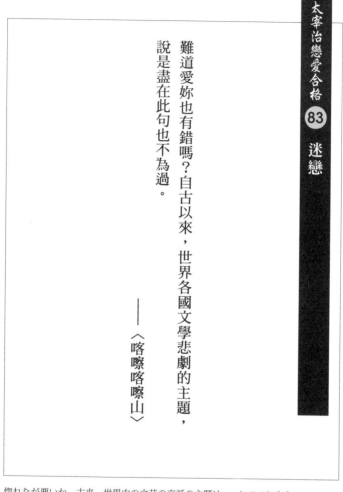

喜歡就說喜歡，為什麼不能坦白說呢？

——〈小說燈籠〉

好きなら、好きと、なぜ明朗に言えないのか。

『ろまん燈籠』

縱使沒有「被愛的資格」，人也應該永遠還有「愛人的資格」。

——〈小說燈籠〉

ひとに「愛される資格」が無くっても、ひとを「愛する資格」は、永遠に残されている筈であります。

『ろまん燈籠』

人間失格

作　　者　太宰治
譯　　者　陳系美
主　　編　林玟萱

總 編 輯　李映慧
執 行 長　陳旭華（steve@bookrep.com.tw）

出　　版　大牌出版 / 遠足文化事業股份有限公司
發　　行　遠足文化事業股份有限公司（讀書共和國出版集團）
地　　址　23141 新北市新店區民權路 108-2 號 9 樓
電　　話　+886-2-2218-1417
郵撥帳號　19504465 遠足文化事業股份有限公司

封面設計　Dyin Li
排　　版　新鑫電腦排版工作室
印　　製　成陽印刷股份有限公司
法律顧問　華洋法律事務所　蘇文生律師

定　　價　360 元
初　　版　2019 年 04 月
二　　版　2022 年 05 月

電子書 E-ISBN
9786267102381 (PDF)
9786267102398 (EPUB)

國家圖書館出版品預行編目資料

人間失格 / 太宰治 著 ; 陳系美 譯 . -- 二版 . -- 新北市 : 大牌出版 ,
遠足文化發行 , 2022.05
256 面 ; 13.6×19.2 公分
ISBN 978-626-7102-28-2 （精裝）

861.57　　111002831